팔뤼드

Paludes

일러두기

이 책의 프랑스어 제목인 paludes는 사전을 찾아보아도 작가가 과연 어떤 의미
로 그 단어를 사용했는지 명확하게 확인하기 어렵다. 단수형 palude는 라틴어
palus에서 파생된 '늪'이라는 의미가 있다. 또한 '말라리아와 관련된'이라는 의
학 용어 paludisme, paludeen에서 그 단어의 의미를 유추할 수 있다. 작품의 제
목에서부터 지드가 의도한 모호성을 드러내고자 여기서는 원어의 음가(音價) 그
대로 옮기고자 한다.

앙드레 지드
윤석헌 옮김

팔뤼드

Paludes

자크에밀 블랑쉬가 그린 21세의 앙드레 지드(1891)

친구 외젠 루아르[1]를 위해
이 풍자문을 썼다, 무엇에 대해.[2]

---

1   Eugène Rouart(1872~1936). 프랑스 작가. 지드와는 1882년 12월에 알게 된 뒤
    로 사망할 때까지 관계를 유지했으며, 300여 통의 편지를 지드와 주고받았다.

2   지드는 문법적으로 오류가 있는 문장을 사용했다. 원문은 'J'écrivis cette satire
    de quoi.'인데, 문법적 오류를 수정하면 'J'écrivis cette satire. De quoi?'가 적
    확하다. 작가의 의도대로 문법적 오류를 그대로 번역했다.

Dic cur hic[3]

(다른 학파)

---

3   라틴어 구절 'Dic cur hic'은 'hic'에 다양한 의미가 있기에 해석 또한 다양해진
     다. 'Dic cur'는 '왜인지 말하라.'로 해석할 수 있지만, 'hic'은 '여기', '그 사람', '여
     기 있는 사람' 등으로 이해할 수 있다. 따라서 '왜 여기인지 말하라.', '왜 그 사람
     인지 말하라.', '왜 여기 있는 사람인지 말하라.'라는 다양한 의미로 풀이된다.

다른 이들에게 내 책을 설명하기에 앞서, 그들이 내 책에 관해 이야기해 주기를 기다린다. 먼저 설명하려는 욕구는 그 즉시 책의 의미를 제한한다. 우리가 하고 싶었던 말이 무엇인지 안다고 해도, 오로지 그것만을 말했는지는 알 수 없기 때문이다. 늘 그것 이상을 말한다. 그래서 내 책에서 무엇보다 관심 있는 것은 바로 나도 알지 못한 채 집어넣은 무언가이다. 무의식의 몫, 나는 이를 신의 몫이라 부르고 싶다. 한 권의 책은 언제나 공동 작업이다. 쓰는 이의 몫이 더 작아지고, 신이 받아들일 몫이 더 커질수록, 책의 가치도 커진다. 여기저기서 드러나는 새로운 것들을 기다려 보자. 대중이 밝혀내는 우리 작업의 새로움을.

차례

위베르

5시쯤 날이 선선해졌다. 나는 창문을 닫고 다시 글을 쓰기 시작했다. 6시에 절친한 친구 위베르가 들어왔다. 승마 연습장에서 오는 길이었다.

"뭐야! 작업하는 거야?"

"『팔뤼드』를 쓰고 있어."

"그게 뭐지?"

"책."

"내 취향에 맞으려나?"

"아니."

"너무…… 지적인 거야?"

"지루해서."

"그렇다면 왜 쓰는 거야?"

"내가 아니면 누가 쓰겠어?"

"이번에도 고백담이야?"

"아닐걸."

"그렇다면 뭐야?"

"앉아 봐."

그가 자리에 앉자, 내가 말했다.

"베르길리우스의 시구 두 줄을 읽었어.

Et tibi magna satis quamvis lapis omnia nudus

Limosoque palus obducat pascua junco.

번역하면 이래. 어떤 목동이 다른 목동에게 말하는 거야. 분명 자기 밭이 돌멩이와 늪으로 가득 차 있는 것 같은데, 그게 참 좋다고. 그리고 그런 것들이 만족스러워서 아주 행복하다고 말하지. 밭은 바꿀 수 있는 것이 아니니, 이보다 더 현명한 생각은 없겠지. 무슨 말인지 알아들어?"

위베르는 아무 말도 없다. 나는 계속 말을 이어 간다.

"『팔뤼드』는 무엇보다 떠날 수 없는 자에 관한 이야기야. 베르길리우스의 책에서는 티튀루스라 불려. 그러니까 『팔뤼드』는 밭을 갖고 있는데 거기서 나가려고 노력하기보다는 그 밭에 만족하며 사는 티튀루스라는 한 남자의 이야기야. 자 들어 봐. ……얘기해 줄게. 첫째 날에 그는 자신이 만족하고 있음을 알고 무엇을 해야 할지 고민해. 둘째 날, 날개가 긴 새 한 마리가 날아가자 그는 아침에 검둥오리인지 상오리인지를 네 마리 잡아. 가시덤불을 피워 만든 약불에 그중 두 마리를 구워서 저녁으로 먹어. 셋째 날에는 큰 갈대를 모아서 혼자 오두막을 지으며 즐겁게 놀고. 넷째 날에는 남은 두 마리 오리를 먹지. 다섯째 날에는 오두막을 부수고는, 좀 더 정교한 집을 지어 보려 고심해. 여섯째 날에는……."

"그만! 알아들었어, 친구, 계속 잘 써 봐." 위베르는 이렇게 말하고 가 버렸다.

밤이 이슥해졌다. 원고를 정리하고 저녁을 거른 채 나왔다. 8시쯤 앙젤의 집으로 들어갔다.

앙젤은 아직 식탁에 앉은 채, 몇 가지 과일을 다 먹어 가고 있었다. 나는 그녀 옆에 앉아서 오렌지를 까 주었다. 하인이 잼을 가져다주었고, 다시 우리만 남았다.

"오늘은 무얼 하며 보냈어요?" 빵에 잼을 바르며 앙젤이 물었다.

무엇을 했는지 하나도 기억나지 않았다. 별생각 없이 "아무것도 하지 않았어요."라고 말하고 보니, 곧 그녀가 다른 생각을 할까 봐 신경 쓰였다. 친구가 다녀간 일이 생각나서 큰 소리로 말했다. "절친한 친구 위베르가 6시에 날 보러 왔었어요."

"여기 있다가 간 거예요." 앙젤이 말했다. 그녀는 오래전 언쟁을 벌일 때도 했던 말을 다시 꺼냈다. "적어도 위베르는 뭔가를 하네요. 바쁘게요."

나는 아무것도 하지 않았다고 말했다. 그래서 화가 났다. "뭘요? 위베르가 뭘 하죠?"라고 내가 묻자 그녀가 말문을 열었다.

"많은 것들을 하잖아요…… 우선 말을 타지요…… 그리고 당신도 잘 알겠지만, 공장 네 곳의 운영위원이기도 하고요. 처형이랑 재해보험회사도 운영하고요. 나도 막 가입했어요. 또 생물학 대중 강좌를 듣고, 화요일 저녁에는 낭독회에 참석하지요. 사고가 났을 때 유용하게 사용할 수 있는 치료법도 그는 꽤 알고 있어요. 위베르는 좋은 일도 많이 해요. 그 덕분에 가난한 다섯 가족이 여전히 생계를 이어 가고 있고요. 그는 일감이 부족한 노동자들을 일꾼이 부족한 사장들에게 보내지요.

허약한 아이들은 요양 시설이 있는 시골로 보내고요. 어린 시각장애인들을 위해서는 의자 수선 작업장을 만들었어요. 게다가 일요일이면 사냥을 하잖아요. 그런데 당신은요! 당신은 무얼 하죠?"

"그러니까 나는, 나는 『팔뤼드』를 써요." 나는 약간 당황해서 대답했다.

"『팔뤼드』? 그게 뭐예요?" 그녀가 물었다.

과일을 다 먹었으므로 함께 거실로 가서 마저 이야기하고 싶었다. 우리 둘은 난롯가에 앉았고, 나는 다시 입을 열었다.

"『팔뤼드』는 늪으로 둘러싸인 망루에 사는 한 독신자 이야기예요."

"아!"

"그 사람의 이름은 티튀루스고요."

"촌스러운 이름이네요."

"전혀요. 베르길리우스의 책에 나와요. 나는 이름을 만들어 낼 재주가 없거든요."

"왜 독신이에요?"

"오! ……더 단순하게 하려고요."

"그게 다예요?"

"아니요. 나는 그가 하는 일을 묘사해요."

"뭘 하는데요?"

"늪을 바라봐요."

"그런데 왜 쓰는 거예요?" 그녀는 잠시 침묵했다가 물었다.

"내가 왜 쓰냐고요? 잘 모르겠지만, 아마도 뭔가를 하기 위해서 쓰겠죠."

"내게 읽어 줄래요?" 앙젤이 말했다.

"원한다면요." 마침 주머니에 종이 네댓 장이 들어 있었다. 곧바로 그것들을 꺼내서 가능한 한 시큰둥한 표정으로 읽었다.

티튀루스의 일기
혹은 팔뤼드

고개를 약간 들자 창문을 통해 아직 제대로 보지 못했던 정원이 눈에 들어온다. 오른쪽에는 잎을 떨군 나무가 있고, 정원 위쪽으로는 벌판이, 왼쪽에는 다시 이야기할 못이 있다.

오래전 정원에 접시꽃과 매발톱꽃을 심었는데, 소홀히 했더니 꽃들이 되는대로 마구 자랐다. 근처에 있는 못 때문에 골풀과 이끼가 사방을 잠식하듯 퍼져 있었다. 오솔길도 자라난 풀에 온통 뒤덮였다. 방에서 들판으로 이어지는 제법 널찍한 샛길 말고는 걸어 다닐 수 있는 길이 하나도 없었다. 언젠가 그 샛길로 산책하러 나갔었다. 저녁이면 숲속 짐승들이 그 길을 건너 못으로 물을 마시러 온다. 해 질 무렵에는 잿빛 형체밖에 안 보이다가, 밤이 이슥해지면 짐승들이 움직이는 모습을 전혀 볼 수 없다.

"좀 오싹해지네요. 그래도 계속 읽어 줘요. 정말 잘 썼는데요." 앙젤이 말했다.

공들여 읽느라 나는 꽤 긴장했다.

"아! 이게 다예요. 나머지는 아직 마무리하지 못했어요."

"메모들이 있잖아요. 오! 그것들을 읽어 줘요! 그게 가장 재미있는 부분이잖아요. 메모에는 작가가 다음에 쓸 내용보다 말하고 싶은 것이 더 많이 들어 있잖아요." 그녀가 큰 소리로 말했다.

그래서 그 문장들이 아직 미완성인 것으로 여겨지도록, 읽기 전부터 벌써 실망스럽지만, 나도 어쩔 수 없다는 듯 애쓰며 계속 읽었다.

"건물 창문으로 티튀루스는 낚시를 할 수 있다……. 다시 말하지만, 이건 그저 메모에 불과해요……."

"그래도 읽어 봐요!"

"우울하게 물고기를 기다리기. 미끼는 충분하지 않고. 낚싯줄은 늘어난다.(상징) 필연적으로, 그는 아무것도 잡을 수 없다."

"왜 그래야 하죠?"

"상징이라는 진실을 위해서요."

"그런데 그가 무엇을 잡기라도 하면요?"

"그건 또 다른 상징이 될 거고, 또 다른 진실이 되겠지요."

"진실과는 전혀 상관없어요. 당신은 마음대로 사실들을 구성할 텐데요."

"현실보다 더 진실에 적합하게 사실들을 만들어서 배치하죠. 이걸 지금 당신에게 설명하기에는 정말 복잡해요. 하지만 사건들이 인물의 성격에 어울려야 한다는 점만은 이해해야 해요. 그게 바로 좋은 소설을 만들거든요. 우리에게 일어나는 일 중 어떤 것도 다른 사람을 위해 일어나지 않아요. 위베르는 거기서 이미 아주 멋진 물고기를 낚았을지도 모르죠! 티튀루스는 아무것도 잡지 못하지만요. 이것이 바로 심리적인 진실이에요."

"그래요. 좋아요. 계속 읽어 봐요."

"못 가장자리를 따라 물속까지 자란 이끼들. 물에 비친 불분명한 것들, 수초들, 지나가는 물고기들. 이것들을 말할 때, '헤아릴 수 없는 마비 상태'라고 칭하지 말 것."

"저도 정말 그러길 바라요! 그런데 이런 메모는 왜 적었어요?"

"왜냐하면, 친구 에르모젠이 이미 잉어를 그렇게 부르거든요."

"그 표현은 행복해 보이지 않네요."

"어쩔 수 없지요. 계속 읽을까요?"

"그래요, 당신 메모 참 재밌네요."

"동이 틀 무렵, 티튀루스는 평지에 올라와 있는 크고 하얀 원뿔들을 발견한다. 염전이다. 그는 사람들이 일하는 모습을 보러 내려간다. 두 염전 사이에 있는 아주 좁은 경사면은 대수롭지 않은 풍경이다. 너무 높이 쌓아 올린 하얀 깔때기들.(상징) 안개 낀 날에만 볼 수 있다. 짙은 색 고글이 일꾼들을 안염에 걸리지 않게 해 준다.

티튀루스는 주머니에 소금 한 줌을 집어넣고 자기 망루로 돌아간다.

이게 다예요."

"그게 다라고요?"

"여기까지 썼어요."

"좀 지루하지 않을까 염려되네요. 당신 이야기 말이에요." 앙젤이 말했다.

잠시 막막한 침묵이 감돌았다. 그런 뒤 나는 감정이 복받쳐서 큰 소리로 말했다. "앙젤, 앙젤, 제발요. 당신은 언제쯤 책의 주제가 되는 것을 이해할 수 있을까요? 삶이 내게 전했던 감정을 말하고 싶어요. 권태나 허무, 무료함 같은 거요. 나야 『팔뤼드』를 쓰고 있으니 상관없지만요. 하지만 티튀루스의 삶은 아무것도 아니에요. 우리가 바라보는 것은, 앙젤, 장

담하건대 훨씬 더 음울하고 시시해요."

"하지만 난 그렇게 생각하지 않는걸요." 앙젤이 말했다.

"그건 생각해 보지 않았기 때문이에요. 그게 바로 책의 주제예요. 그러니까 티튀루스는 자신의 삶에 불만이 없어요. 늪을 바라보며 즐거움을 찾죠. 시간의 변화에 따라 늪은 다양한 모습을 띠지요. 하지만 당신을 봐요! 당신 이야기를 보라고요! 다양하지 않잖아요! 당신은 언제부터 이 방에 살았죠? 이 싸구려 방이에요! 이런 싸구려 방에서 말이에요! 당신은 혼자도 아니잖아요! 창문은 길가로, 뒤뜰로 나 있잖아요. 눈앞에는 벽이 보이죠, 아니면 당신을 바라보는 다른 사람들이 있거나요. 이제 당신이 입고 있는 드레스로 수치심을 느끼게 해 볼까요? 그리고 당신은 정말 우리가 서로 좋아할 수 있었다고 생각해요?"

"9시네요." 그녀가 말했다. "오늘 밤 위베르가 낭독해요. 거길 가 봐야 해요."

"대체 뭘 읽는데요?" 나는 마지못해 물었다.

"『팔뤼드』가 아닌 것만은 확실해요!" 그러고서 그녀는 가 버렸다.

집으로 돌아와서 『팔뤼드』의 앞부분에 시구를 넣어 보려고 했다. 첫 번째 4행시를 썼다.

고개를 약간 들자

즐거움이라곤 느껴지지 않는

작은 숲의 언저리가

창문 너머 보인다.

그런 뒤, 하루를 마무리하러 잠자리에 들었다.

앙젤

수요일

수첩을 쓰는 것. 이는 한 주 동안 해야 할 일을 하루하루 기록하고, 한 주의 시간을 분별 있게 관리하는 것이다. 자신의 행동을 스스로 결정하는 일이며, 아무런 제약 없이 사전에 결정한다면, 분명 매일 아침 분위기에 휩쓸리지 않으리라. 나는 수첩에서 의무감을 끌어낸다. 일주일 치를 미리 적는데, 잊어버릴 시간도 벌고, 그래서 나에게 놀라움을 안겨 줄 수 있도록 하기 위해서다. 내가 살아가는 방식에서 놀라움은 없어서는 안 될 요소다. 그렇게 매일 밤 나는 알 수 없긴 하지만, 이미 내가 결정한 내일을 앞에 둔 채 잠든다.

수첩은 두 부분으로 나뉜다. 한쪽에는 해야 할 일을, 다른 한쪽에는 그날 한 일을 저녁마다 적는다. 그러고서 그 둘을 비교한다. 뺄셈해 본다. 하지 않은 일, 부족함이 있는 일은 언제고 해야만 하는 일이 된다. 12월을 위해 이것들을 다시 적고, 그 목록을 통해 나는 교훈적인 생각을 얻게 된다. 수첩을 쓰기 시작한 건 사흘 전부터다. 가령 오늘 아침에는 '6시에 일어나 볼 것.'이라고 적어 놓은 옆 페이지에 '7시에 일어남.'이라고 쓴 뒤, 괄호 안에 '예기치 못한 부정적인 일.'이라고 적었다. 수첩에는 이렇게 다양한 메모들이 이어졌다.

귀스타브와 레옹에게 편지 쓰기.
쥘의 편지를 받지 못해 놀라기.
공트랑을 만나러 가기.
리샤르라는 인물을 생각하기.
위베르와 앙젤의 관계를 걱정하기.
식물원에 가는 시간을 마련해 보기. 『팔뤼드』를 위해 그곳에서 작은 가래 풀의 종류에 대해 알아보기.
앙젤의 집에서 저녁 시간 보내기.

그다음에는 이런 생각이 적혀 있다.(생각은 하루에 하나씩 미리 적어 두는데, 그것들이 나의 슬픔 혹은 즐거움을 결정한다.)
'우리에게는 매일 되풀이하는 몇 가지 일들이 있는데, 그건 단지 더 잘할 수 있는 게 없기 때문이다. 진전도 없고, 심지어 현상 유지도 힘들다. 그렇다고 아무것도 하지 않고 있을 수는 없으니…… 이는 일정 시간 동안, 일정 장소에 갇힌 야수들이 움직임이나, 혹은 밀려왔다가 밀려가는 바닷물의 움직임 같다.' 레스토랑 테라스를 지나던 중, 접시를 내오고 가져가는 종업원들을 보며 이런 생각을 했던 것이 기억난다. 그 밑에 『팔뤼드』에 쓰기 좋음'이라고 적었다. 그런 다음에는 리샤르라는 인물에 대해 생각할 준비를 했다. 작은 책상에 앉아 아주 친한 친구 몇 명에 관해 생각하며, 그들의 영향력을 따져 본다. 친구마다 보관함이 따로 있다. 종이 뭉치를 하나 집어서 다시 읽어 보았다.

리샤르

메모 1

멋진 남자. 내가 매우 존중할 만한 인물.

메모 2

지속적인 노력으로 부모의 죽음이 남긴 아주 비참한 상황에서 벗어남. 할머니는 아직 살아 계심. 노인을 대하는 일반적인 효심과 다정함으로 할머니를 돌봄. 하지만 할머니는 몇 해 전부터 노망이 남. 도덕심으로 그는 자기보다 더 가난한 여자와 결혼했고, 변함없는 사랑으로 그녀를 기쁘게 함. 네 명의 아이가 있음. 나는 그중 다리 저는 여자아이의 대부임.

메모 3

리샤르는 내 아버지를 매우 존경했다. 친구 중 가장 믿을 만하다. 내가 쓴 것을 하나도 읽지 않으면서도, 완벽하게 나를 안다고 주장한다. 그러한 사실이 『팔뤼드』를 쓰게 한다. 티튀루스를 떠올릴 때마다 그가 떠오른다. 그가 그 사실을 절대 모르길. 앙젤과는 서로 모르는 사이. 그들은 서로를 이해할 수 없을 것이다.

메모 4

리샤르가 나를 아주 높이 평가하는 점이 못마땅하다. 그래서 나는 무언가를 시도해 볼 엄두조차 내지 못한다. 누군가 어떤 평가를 고집하는 한, 사람은 그 평가에서 쉽게 벗어나지 못한다. 종종 리사르는 내가 못된 짓을 할 수 없으리라 확신하는데, 그런 태도는 이따금 무슨 일인가를 해 보려고 작정할 때마다 나를 옭아맨다. 리샤르는 나의 소극적인 성격을 높이 평가한다. 소극적인 성격 탓에 나는 어떤 덕목에 얽매이는데, 리샤르를 비롯해 다른 사람들도 내게 그 덕목을 강요한다. 가난한 사람들에게 허용된다는 이유로 리샤르는 그런 덕목을 종종 '감수(感受)'라고 표현한다.

메모 5

리샤르는 낮에 종일 사무실에서 일한다. 저녁에는 아내 옆에 앉아 신문을 읽으며 이야깃거리를 찾는다. 새로운 정보에 정통하다. 며칠 전에는 "프랑세 극장에서 상연하는 파유롱의 신작을 봤나?" 하고 묻더니, 식물원에 간다는 얘기를 듣고는 "새로 온 고릴라들을 보러 가는 건가?" 하고 묻는다. 나를 덩치만 큰 아이로 취급한다. 그런 그를 참을 수 없다. 내가 하는 일을 진지하게 보지 않는다. 그에게 『팔뤼드』에 관해 이야기해 줘야겠다.

메모 6

그의 아내 이름은 위르쉴이다.

나는 일곱 번째 종이를 가져다 이렇게 적었다.

'자신에게 이득이 돌아오지 않는 직업은 모두 끔찍하다. 직업은 오로지 돈과 관련되어 있을 뿐. 소득이 얼마 되지 않으면 끊임없이 일하고 또 일해야만 한다. 이런 제자리걸음이 또 있을까! 죽음의 순간에 그들은 무엇을 해낼까? 자기 자리 하나 채우고 말겠지. 그렇고말고! 자신만큼이나 작은 자리를 차지했을 거야.' 『팔뤼드』를 쓰고 있으니까 나야 상관없지만. 글을 쓰지 않았다면 나도 그들과 다를 바 없었겠지. 우리 존재를 조금이라도 변화시키려는 노력이 절실하게 필요하다.

그 순간 하인이 간식과 편지 몇 통(쥘의 편지가 한 통 있었기에, 그의 침묵에 놀랄 이유가 사라졌다.)을 가져왔다. 그리고 나는 여느 아침처럼 건강 관리를 위해 몸무게를 쟀다. 레옹과 귀스타브에게 몇 문장으로 편지를 썼고, 매일 마시는 우유 한 컵을 다 마시고 (몇몇 호반 시인이 하듯) 생각에 잠겼다. 위베르는 『팔뤼드』를 조금도 이해하지 못했다. 작가가 더 이상 가르침을 위한 글을 쓰지 않게 된 뒤로, 꼭 독자를 즐겁게 하려고 글을 쓰지 않는다는 사실을 그는 받아들이지 못한다. 그는 티튀루스 이야기를 지겨워한다. 그건 그가 사회적 상황이 아닌 다른 상태를 이해하지 못하기 때문이다. 게다가 분주히 움직인다는 이유로 그는 자신이 더 높은 위치에 있다고 믿는다. 내가 잘못 이해하고 있을지도 모르겠다. 그는 티튀루스가 만족하므로, 모든 일이 최고로 잘 굴러간다고 여긴다. 하지만 티튀루스가 만족하니까, 나는 이제 만족하고 싶지 않다. 그와 반대로 분노해야 한다. 체념하고 받아들이기만 하는 티튀루스를 하찮은 존재로 만들 것이다……. 다시 리샤르라는 인물을 생각해 보려는 순간, 벨 소리가 울렸다. 그러더니 리샤르가 하인에게 명함을 건네며 들어왔다. 당사자가 있으면 그 사람에 관해 생각할 수 없으니 살짝 짜증이 났다.

"아! 친구! 이게 어찌 된 우연이지! 오늘 아침에 자네를 생각하고 있었는데." 그를 안으며 내가 큰 소리로 말했다.

"부탁 좀 하려고 왔네." 리샤르가 말했다. "오! 별거 아닐세. 어쨌든 자네는 할 일이 없으니 내게 잠깐 시간을 내줄 수 있을 것 같아서. 사인 한 장 해 주면 되네. 소개서야, 보증인이 필요하거든. 보증을 서 주게, 가는 길에 설명해 줄게. 서두르자고. 10시까지는 사무실에 도착해야 하니까."

나는 할 일 없는 사람처럼 보이는 게 끔찍하게 싫었다. 그래서 이렇게 말했다.

"9시까지가 아니라 다행이네. 시간이 좀 있으니까. 그런데 일을 보고 나서는 식물원에 가서 할 일이 있어."

"아! 아! 새로 들어온 것들을 보러 가는군……." 그는 늘 하던 대로 말을 꺼냈다.

"아니야, 리샤르." 나는 짐짓 여유 있게 말을 끊었다. "고릴라를 보러 가는 게 아니야. 『팔뤼드』 때문에 거기 가서 작은 가래 풀 몇 종을 알아봐야 해."

그렇게 말하자마자, 곧바로 바보 같은 대답을 하게 한 리샤르가 원망스러웠다. 혹시 우리가 모르는 얘기가 나올까 봐 염려되었는지 그는 입을 다물었다. 그는 웃음을 터트렸어야 했음에도 웃을 생각조차 못 했다. 그의 연민이 참기 힘들다. 나를 터무니없는 인간이라고 생각하고 있음이 분명하다. 그는 종종 내게 감정을 숨기는데, 이는 내가 자신에 대해 비슷한 생각을 못 하도록 하기 위해서다. 어쨌든 우리는 서로를 어떻게 느끼는진 알고 있다. 각자의 존경심에 기대 서로를 존중하는 셈이다. 나도 곧장 똑같이 응대하리라는 생각에, 그는 내게서 호의를 거두어들이지 못한다. 마치 보호자라도 되는 양 나를 상냥하게 대한다……. 아! 어쩔 수 없지, 『팔뤼드』 이야기나 해야겠다. 그래서 나는 천천히 대화를 이끌었다.

"아내는 어떻게 지내?"

질문을 받자 리샤르는 혼잣말을 이어 갔다.

"위르쉴? 아! 가련한 사람! 요즘 그녀의 두 눈은 피곤함에 절어 있네. 아내 잘못이지. 친구, 누구에게도 말 못 할 얘기를 들려줄까? 자네의 사려 깊은 우정은 잘 알고 있어. 전부 다 얘기하지. 처남 에두아르에게 큰돈이 필요했다네. 돈을 구해야만 했지. 위르쉴은 다 알고 있었어. 왜냐면 아내의 올케 잔이 바로 그날 아내를 만나러 왔었거든. 그렇게 해서 내 서랍은 거의 비어 버렸고, 심지어 요리사에게 돈을 주려면 알베르의 바이올린 교습을 포기해야만 했다네. 유감스러운 일이었지, 그게 긴 회복기 동안 알베르가 누리던 유일한 낙이었거든. 어떻게 요리사가 그 사실을 알게 되었는지는 모르겠어. 요리사는 우리와 꽤 친밀했네. 자네도 잘 알고 있을 거야. 루이즈 말일세. 그 애가 울면서 우리를 찾아왔어. 알베르가 고통받으니 자기가 돈을 받지 않는 편이 낫다는 거야. 이 착한 아이의 마음을 상하게 하지 않으려니 그렇게 해 줄 수밖에 없었다네. 어쨌든 나는 결심했지. 매일 밤 아내가 잠이 든 것 같으면 다시 일어나서 두 시간씩 깨어 있기로. 돈이 될 만한 영어 기사들을 조금씩 번역해서 착한 루이즈에게 못 준 돈을 모으기로 한 거야.

첫 번째 밤은 모든 게 잘 풀렸지. 위르쉴이 깊이 잠들었거든. 두 번째 밤이었네. 자리에 앉자마자, 글쎄 내가 누구를 봤는지 아나? ……위르쉴이었네! 나와 똑같은 생각을 했던 거야. 루이즈에게 돈을 주려고, 돈을 받고 팔 만한 작은 그림들을 그릴 생각이었던 거지. 자네도 알다시피 아내는 수채화 그리는 데 소질이 있잖아……. 참 멋진 일이지, 친구…… 우리 둘은 아주 감격했다네. 눈물을 흘리면서 포옹을 했지. 잠자리에 들라고 아내를 설득해 봤지만, 헛일이었어. 금세 피곤해하면서도 결코 자려 하질 않는 거야. 가장 위대한 우정의 징표라도 되는 듯, 아내는 내 옆에서 일할 수 있게 해 달라고 간청하더군. 동의할 수밖에 없었지. 어쨌든 아내가 피곤해하는데도 말이야. 우리는 그렇게 매일 저녁을 보냈네. 저녁 시간이 조금 더 길어진 셈이지. 어쨌거나 서로 더는 숨길 것이 없으니까. 먼저 잠자리에 들 필요도 없어졌고."

"지금 들려준 얘기, 정말 감동적이군." 나는 큰 소리로 말했다. 그러면서 속으로 생각했다. 아니야, 아까 생각했던 것과 달리 그에게 『팔뤼드』 얘기는 절대 꺼내지도 못하겠는걸. 그러고는 이렇게 웅얼거렸다. "리샤르! 자네의 슬픔을 온전히 알겠어. 자네 정말 불행하군."

"아닐세, 친구." 그가 말했다. "난 불행하지 않아. 주어진 게 거의 없긴 하지만, 나는 사소한 것들로 행복을 만들어 냈다네. 자네에게 동정을 받자고 이 얘기를 했다고 생각하나? 내 상황이 그렇다고 생각해? 난 사랑과 존중을 느끼며, 저녁이면 위르쉴 옆에서 일한다고…… 이 즐거움을 바꿀 생각은 추호도 없네……"

다소 긴 침묵이 흐른 뒤, 내가 물었다. "그래 애들은 어떤가?"

"불쌍한 녀석들!" 그가 대꾸했다. "나를 정말 슬프게 하는 게 있다네. 아이들에게 필요한 것은 대자연이야. 맑은 공기와 햇볕 아래서 노는 것, 그런데 비좁은 방구석에서 시들어 가고 있으니. 나이 든 나야 상관없지만. 난 그런 것들을 감수할 수 있어. 하지만 아이들은 즐겁지 않을 테니, 난 고통스럽네."

"맞아, 자네 집은 약간 꽉 막힌 느낌이 들어. 그렇다고 창을 활짝 열어 버리면 거리에서 온갖 냄새들이 올라오고…… 그래도 뤽상부르 공원이 있잖아…… 늘 이 얘기로 돌아오는 군……." 그 말을 뱉자마자 나는 생각했다. 결코 그에게 『팔뤼드』 얘기를 할 수 없겠군. 속으로 혼잣말을 한 뒤 깊은 생각에 빠진 체했다.

시간이 조금 흐르고 내가 아무 생각 없이 할머니의 안부를 물으려는 참에, 이제 다 왔다고 리샤르가 알려 줬다.

"위베르가 이미 와 있네." 그가 말했다. "사실 자네에게 아무것도 설명하지 않았지만…… 보증인이 두 명 필요했거든. 어쩔 수 없었어. 이해해 주게. 서류들을 확인해 보자고."

"서로 아는 사이일 것 같은데." 내가 절친한 친구와 악수하고 있을 때 리샤르가 한마디 보탰고, 위베르는 이미 이야기를 시작한 터였다. "그래, 『팔뤼드』는 잘돼 가고?" 나는 그의 손을 아주 힘껏 잡고 낮은 소리로 말했다. "쉿! 지금 할 얘기는 아니야! 이따 나랑 같이 나가. 그때 얘기하자고."

서류에 서명하자마자 리샤르와 헤어진 다음, 위베르와 길을 나섰다. 그는 마침 식물원 옆에서 열리는 실용 분만 강좌에 가야 했다.

"좋아." 내가 말을 꺼냈다. "그럼 이야기해 볼게. 검둥오리들 기억하지? 티튀루스가 네 마리를 죽였다고 얘기했는데, 그게 절대 아니야! 티튀루스는 그렇게 할 수 없어. 사냥 금지거든. 신부가 부리나케 와서는 티튀루스에게 이렇게 말하는 거야. '당신이 상오리를 잡아먹는 것을 보고 교회는 큰 슬픔에 잠겼습니다. 상오리는 죄악과 관련된 사냥감이에요. 뭘 어떻게 조심해야 할지 우린 잘 모릅니다. 죄악은 곳곳에 도사리고 있어요. 의혹에 사로잡히느니 절제하는 편이 낫습니다. 고행을 선택합시다. 교회는 고행을 실천할 수 있는 기막힌 방식들을 알고 있어요. 효과도 확실하지요. 제가 감히 조언 하나 해도 될까요? 진흙 속 벌레들을 먹어요. 그걸 먹어 보세요.'

사제가 떠나자, 이번에는 의사가 왔어. '당신 상오리를 먹으려고 했나요! 그게 얼마나 위험한지 어떻게 모를 수 있죠!

이 늪에는 무시무시한 악성 열병이 퍼져 있어요. 환경에 맞게 당신 혈액을 바꿔야만 해요. 옛말에 '시밀리아 시밀리부스.(similia sililibus.)'[4]라고 했어요, 티튀루스! 룸브리쿨리 리모시(lumbriculi limosi)[5]를 먹어요. 늪의 정수가 그 안에 다 농축되어 있거든요. 정말 영양가 있는 먹거리죠'."

"웩!" 위베르가 외쳤다.

"그렇긴 하지." 내가 말을 다시 이었다. "전부 다 지독하게 잘못됐어. 너도 밀렵 감시의 문제일 뿐이라고 생각하잖아! 그런데 가장 놀라운 사실은 말이야, 티튀루스가 그걸 맛본다는 거야. 불과 며칠 지나자 그 맛에 익숙해지지. 티튀루스는 벌레의 놀라운 맛을 알게 된 거야. 말해 봐! 티튀루스가 혐오스럽지?"

"그는 참 행복한 사람이군." 위베르가 말했다.

"이제 다른 얘기나 하자." 나는 짜증이 나서 큰 소리로 말했다. 문득 위베르와 앙젤의 관계에 신경 쓰고 있었음이 떠올라서 그 얘기를 꺼내도록 유도했다.

"정말 참 단조롭군!" 침묵 뒤에 다시 말을 꺼냈다. "아무 일도 일어나지 않아! 우리 존재를 조금이라도 자극해 보려는 노력이 필요한데 말이야. 그렇다고 열정을 만들어 낼 수는 없잖아! 게다가 내가 아는 사람이라고는 앙젤밖에 없는데, 우리는 한 번도 서로를 적극적으로 좋아하지 않았어. 내가 오늘 밤 그녀에게 할 얘기는 사실 어젯밤에도 할 수 있었을 얘기니 말이야. 도무지 진척이 없어……."

한 문장을 말할 때마다 잠시 기다렸다. 그는 입을 다물고

---

4 '같은 종류의 것은 같은 종류의 것으로 치유된다.'라는 의미의 라틴어.
5 '진흙 속 작은 벌레들'을 뜻하는 라틴어.

있었다. 그래서 나는 기계적으로 말을 이어 갔다.

"나야 상관없어.『팔뤼드』를 쓰고 있으니까. 어쨌든 참을 수 없는 건, 그녀가 이런 상태를 이해하지 못한다는 점이야……심지어 내가 어떻게 해서『팔뤼드』를 쓰게 되었는지조차 모르지."

마침내 위베르가 흥분해서 말했다. "그런데 왜 너는 앙젤을 혼란스럽게 하는 거야, 앙젤은 그렇게 행복한데도?"

"아니, 행복하지 않아, 친구. 행복하다고 믿는 거지. 자신의 상태를 지각하지 못하는 거야. 평범하다는 사실마저 파악하지 못하는 상황을 생각해 보라고. 그게 훨씬 더 슬픈 일이지."

"그래서 네가 그녀의 눈을 뜨게 해 준다면, 그런데 네가 지나쳐서 그녀를 불행하게 만든다면?"

"그렇게 된다면 정말이지 훨씬 더 흥미롭겠지. 적어도 더는 만족감에 취해 있지만은 않을 테니까. 그녀는 무엇인가를 찾아 나설 거야." 하지만 그 순간 위베르가 어깨를 으쓱하고는 입을 다무는 바람에 나로서는 그 이상 알아낼 수가 없었다.

잠시 후 그가 다시 말을 붙였다. "네가 리샤르와 아는 사이인 줄 몰랐어."

질문에 가까운 말이었다. 리샤르가 바로 티튀루스라고 그에게 얘기해 줄 수도 있었겠지만, 위베르가 리샤르를 우습게 볼 이유는 없으므로 그저 대충 둘러댔다. "아주 괜찮은 친구지." 그에게 진실을 털어놓지 않고 참았으니, 오늘 밤 앙젤에게 리샤르 이야기를 더 해야겠다고 마음먹었다.

더는 할 얘기가 없다고 생각했는지 위베르가 말했다. "자, 그럼 잘 가, 난 바빠서. 넌 걸음이 좀 느리잖아. 그건 그렇고, 오늘 저녁 6시에 너를 만나러 갈 수 없을 것 같아."

"그래, 잘됐군. 이로써 우린 달라지겠네." 내가 대답했다.

그가 떠났다. 나는 홀로 공원에 들어가서 천천히 식물원 쪽으로 방향을 잡았다. 나는 이곳을 좋아하므로 종종 찾아오곤 한다. 정원사들 모두 나를 안다. 제한 구역에도 들여보내 주고, 못 근처에 앉아 있다는 이유로 나를 과학자라 여긴다. 꾸준하게 보살핀 덕에 못은 잘 가꾸어져 있다. 소리 없이 흐르는 물이 못에 공급된다. 그곳에는 식물들이 방치된 채 자라난다. 벌레도 많이 떠다닌다. 나는 그것들을 뚫어져라 바라본다. 바로 이런 것들이 나로 하여금 『팔뤼드』를 써야겠다고 마음먹게 했다. 쓸데없이 관조할 때 드는 감정, 예민한 회색 생명체를 마주 볼 때의 느낌 같은 것. 바로 그날 티튀루스에 대해 썼다.

무엇보다 평평하고 너른 풍경이 나를 사로잡는다. 단조로운 황야 같다. 못이 있는 곳을 찾아 긴 여행을 떠나야 했는데, 여기에서 내 주변에 있는 못을 찾는다. 그 때문에 내가 슬프리라 생각하지 말길. 나는 심지어 우울하지도 않으니까. 나는 티튀루스, 혼자이고, 사색에서 벗어날 수 없게 하는 책처럼 풍경을 좋아한다. 내 생각은 슬프고, 진지하고, 다른 사람들과 비교하면 우울하기까지 하니까. 그래서 나는 내 생각을 그 무엇보다 좋아한다. 그리고 내 생각을 산책시키고자 벌판을, 평온하지 않은 못을, 황야를 찾아 나선다. 그곳에서 내 생각을 천천히 산책시킨다.

내 생각은 왜 슬픈 걸까? 내가 그러한 사실에 고통스러워했다면, 그 이유를 훨씬 자주 자문했을 것이다. 누군가 지적해 주지 않았다면, 아마도 나는 그러한 사실조차 몰랐으리라. 내 생각은 다들 전혀 관심 없어 하는 많은 것을 즐기기 때문이다. 가령 내 생각은 이런 글 몇 줄을 되풀이해 읽으며 즐거움을 느낀다. 어차피 당신은 인정하지 않을 테니 일일이 들려주기조차 부질없는 사소한 행동들로 인해 내 생각은 기쁨을 느낀다……

미지근한 바람이 불어왔다. 물 위의 가느다란 풀들은 벌레가 내려앉은 까닭에 고개를 숙이고 있었다. 못의 경계석 가장자리에서 웃자란 풀 하나가 비집고 나왔다. 물이 조금 흘러나와 식물의 뿌리를 적셨다. 못의 바닥 끝까지 내려온 이끼가 그림자로 깊이를 알려 주었다. 청록색 물풀들에 유충들이 숨을 쉬어 만들어 낸 공기 방울이 붙어 있었다. 물방개 한 마리가 지나갔다. 시상을 더 붙들고만 있을 수 없었으므로, 주머니에서 새 종이 한 장을 꺼내 이렇게 적었다.

티튀루스가 웃는다.

그러고 나자 배가 고파서 가래 풀 연구는 다른 날로 미룬 채, 언젠가 피에르가 얘기해 줬던 강변 레스토랑을 찾았다. 혼자라는 생각이 들었다. 거기서 레옹을 만났고, 그는 나한테 에드가르 얘기를 해 줬다. 정오가 지나 문인 몇 명을 만나러 갔다. 5시쯤 소나기가 가늘게 내리기 시작했다. 집으로 돌아왔다. 학교에서나 쓸 법한 단어 스무 개를 적고, 포배엽이라는 단어에 어울릴 만한 여덟 개의 새로운 수식어를 찾아냈다.

저녁 무렵이 되니 약간 피곤해져서, 식사를 한 다음 앙젤의 집에 자러 갔다. 그녀와 자는 게 아니라 그녀의 집에서 잔다는 얘기다. 그녀와는 대수롭지 않은 사소한 것들을 흉내 내는 것 말고는 무엇도 해 본 적이 없다.

그녀는 혼자였다. 내가 들어설 때, 그녀는 최근 조율한 피아노 앞에 앉아 정확한 솜씨로 모차르트의 소나타를 연주하고 있었다. 이미 늦은 시간이라 다른 소리는 들리지 않았다.

큰 촛대에 모두 불을 붙여 놓았고, 그녀는 잔체크무늬 드레스 차림이었다.

들어가면서 내가 말했다. "앙젤, 우리, 우리 존재를 좀 바꿔 보면 어떨까요! 내가 오늘 무얼 하며 지냈는지 다시 한번 물어봐 줄래요?"

"그래, 오늘은 무엇을 하면서 보냈나요?"

곧바로 물어 오는 걸 보니, 아마도 내 말에 감춰진 신랄함을 알아채지 못한 것 같았다. 그래서 내키지는 않았지만 대답했다.

"친한 친구 위베르를 만났죠."

"여기 있다가 간 거예요." 앙젤이 말했다.

"그런데 제발 우리 둘을 동시에 초대하지 말아 줄래요?" 내가 큰 소리로 말했다.

"그는 그렇게 오래 있지는 않았던 것 같은데. 따지고 보면 당신이 더 오랫동안 있어요. 금요일 저녁에 식사하러 오세요. 위베르도 올 거예요. 우리에게 시를 읽어 줘요…… 아, 그리고 내일 저녁에도. 내가 당신을 초대했던가요? 문인 몇 명이 올 텐데, 당신도 오세요. 9시에 모일 거예요."

"오늘 문인 여럿을 만났어요." 문인들 이야기를 꺼내며 내가 대꾸했다. "저는 이 조용한 존재들을 좋아해요. 그들은 항상 일을 하고, 그러면서도 방해가 되지 않죠. 그들을 보러 가면, 마치 한 사람만을 위해 일을 하고, 그 한 사람과 이야기하는 것만을 좋아하는 듯 보여요. 그들의 호의는 정말 매력적이에요. 마음껏 호의를 꾸며 낼 줄 알지요. 나는 그 사람들이 좋아요. 그들의 삶은 쉴 새 없이 바쁘지만, 어쩌면 우리 때문에 바쁜 걸

지도 몰라요. 그리고 그들은 별 볼 일 없는 일만 하는 것처럼 보여서, 우리가 그들의 시간을 좀 빼앗더라도 양심의 가책 따위는 느껴지지 않죠. 그건 그렇고, 티튀루스를 만났어요."

"혼자 사는 사람요?"

"맞아요, 하지만 현실에서는 결혼했어요. 네 아이의 아버지죠. 리샤르라고…… 그가 여기 있다가 간 거라고 말하지는 말아 줘요. 당신은 그를 모르니까요."

앙젤이 약간 언짢아져서 말했다. "당신 이야기가 사실이 아니라는 거 당신은 더 잘 알잖아요!"

"사실이 아니라고요? 왜 그렇게 생각하죠? 혼자가 아니라 여섯 명이나 돼서요? 내가 만든 건 티튀루스뿐이에요. 단조로운 삶에 집중할 수 있게요. 예술적인 기법이죠. 당신 혹시 내가 여섯 명 모두 낚시질하도록 만들길 바란 건 아니죠?"

"현실에서 그들은 다른 일을 하고 있을걸요, 틀림없어요!"

"내가 그들을 묘사했다면, 그들이 하는 일도 완전히 달라 보였겠죠. 얘기한 사건들이, 그들이 살면서 유지해 온 가치들을 반드시 부지해 주지는 않아요. 진실을 유지하려면 적절하게 손질할 수밖에 없어요. 그들이 내게 보여 준 감정을 내가 보여 주는 것, 이게 중요한 거죠."

"그런데 그 감정이 가짜였다면요?"

"감정은 절대 가짜일 수 없어요, 앙젤, 실수는 판단에서 비롯한다는 얘기를 가끔 읽어 본 적이 없나요? 왜 여섯 번이나 얘기해야 하죠? 그들이 주는 인상은 똑같은데. 여섯 번 다 정확하게 똑같아요…… 그들이 무얼 하는지 알고 싶나요? 현실에서 무슨 일을 하는지?"

"말해 줘요. 당신 흥분한 것 같아요." 앙젤이 말했다.

"전혀요." 내가 소리쳤다. "아버지는 회계 장부를 만들죠. 어머니는 집안일을 하고, 큰아이는 다른 집 아이들을 가르치고, 다른 아들은 수업을 듣고, 딸 중 큰애는 다리를 절고, 막내딸은 너무 어려서 아무것도 못 하죠. 요리사도 있어요…… 아내 이름은 위르쉴이고…… 그런데 그들 모두 매일 정확하게 똑같은 일을 한다는 걸 알아야 해요!"

"아마도 그들은 가난하겠죠." 앙젤이 말했다.

"당연하죠! 그러면 『팔뤼드』가 이해되나요? 리샤르는 학교를 졸업하자마자 아버지를 여의었어요. 홀아비셨죠. 그는 일해야만 했어요. 재산이 거의 없었으니까요. 형이 다 가져갔거든요. 하찮은 일만 해야 했어요. 그러니 생각해 봐요! 오로지 돈을 벌기 위한 일들이었지요! 사무실에서 수도 없이 베껴 쓰기만 했어요! 여행 같은 건 꿈도 못 꿨죠! 그는 세상 물정을 전혀 몰랐어요. 그가 하는 이야기들은 따분해졌고요. 매시간 해야 할 일이 있었지만, 어쩌다 시간이 날 때면 신문을 뒤적거리며 이야깃거리를 찾았죠. 그렇다고 죽기 전에 결코 다른 일을 할 수 없으리라고 생각하지는 않았을 거예요. 그는 더 가난한 여자와 결혼했어요. 사랑이 아니라 체면 때문에. 그녀 이름이 위르쉴이에요. 아! 이미 말했죠. 그들은 결혼을 천천히 사랑을 배우는 과정으로 만들었어요. 서로 많이 사랑하게 되었죠. 나한테 그렇게 말할 정도로요. 그들은 아이들을 많이 사랑하고, 아이들도 그들을 많이 사랑해요. 요리사도 있어요. 일요일 저녁이면 다들 로토 게임을 하고…… 할머니 얘기를 안 할 뻔했네요. 할머니도 같이 게임을 했어요. 그런데 게임에서 사용하는 동전을 이제 알아볼 수 없는 탓에 놀이에서 빠질 수밖에 없었노라고, 그가 아주 작은 소리로 말해 주더군요. 아! 앙젤! 리샤르의 삶은 오로지 구멍을 메우기 위해 만들어진 것 같아요! 가족도 마찬가지고요. 그는 가진 것 없이 태어났어요. 매일 똑같이 형편없는 것들을, 제일 좋은 것들 대신에 어쩔 수 없이 선택해야 했어요. 그렇다고 지금 그의 나쁜 점을 떠올리진 말아요. 그는 아주 고결하니까요. 게다가 그는 행복하다고 생각하죠."

"뭐예요! 당신 울어요?" 앙젤이 말했다.

"신경 쓸 거 없어요. 예민해져서 그래요. 앙젤, 당신도 결국 우리 삶에 진정한 모험이 부족하다고 생각하는 건 아니죠?"

"무슨 수를 써야 할까요?" 그녀가 부드럽게 물었다. "우리 둘이서 짧은 여행이라도 떠나면 어때요? 그럼, 토요일 어때요, 할 일 없죠?"

"아니, 생각이 있는 거예요? 앙젤, 토요일이면 내일모레인데!"

"뭐 어때요? 이른 아침에 같이 떠나요. 그 전날 우리 집에서 같이 저녁을 먹고요. 위베르도 함께. 우리 집에서 자면 될 거예요…… 그건 그렇고, 이만 자요. 이제 자러 가야겠어요. 시간이 늦었어요. 당신 때문에 좀 피곤하기도 하고요. 하녀가 당신 잠자리를 준비해 뒀어요." 앙젤이 말했다.

"아뇨, 난 여기 있지 않겠어요, 앙젤. 미안해요. 내가 너무 흥분했어요. 잠들기 전에 쓸 것이 많아요. 내일 봐요. 집에 갈게요."

수첩을 확인하고 싶었다. 비 오는 날 우산이 없을 때보다 더 빠르게 뛰다시피 그녀의 집을 나섰다. 집에 들어오자마자, 다음 주 중 하루를 위해 이런 생각을 적었다. 리샤르와 관련한 내용만은 아니었다.

'하층민들의 덕목, 그것은 감수(甘受). 어떤 이들에게 삶이란 자신의 영혼에 맞추어 만들어진 것 같다고 믿을 정도로 아주 타당하게 여겨진다. 절대 그들을 동정하지 말 것. 왜냐하면 그들의 처지는 그들에게 적합하니까. 개탄스럽다! 재물이 하찮은 수준을 벗어나자마자, 그들은 하찮은 것을 알아보지 못한다. 내가 펄쩍 뛰며 앙젤에게 말했던 것은 어쨌든 사실이다. 사건은 얼마나 자신에게 부합하느냐에 따라 각자에게 일어난다. 각자 자신에게 적합한 것을 발견한다. 그러나 자기가 가진 하찮은 것에 만족한다면, 그것이 자신에게 어울린다는 사실을, 그리고 다른 어떤 일도 일어나지 않으리라는 사실을 증명하는 셈이다. 상황에 맞추어 만들어진 운명들, 껍질을 터뜨리며 자라나는 플라타너스나 유칼립투스처럼, 자기 옷들을 찢어 버려야 하는 필연성.'

"너무 많이 썼네." 나는 혼잣말을 했다. "몇 단어면 충분했을 텐데. 하지만 상투적인 표현은 좋아하지 않으니까. 이제, 앙젤의 놀라운 제안을 검토해 봐야겠군."

수첩에서 첫 번째 토요일 페이지를 펼치자, 해당 날짜에 적힌 다음 항목을 읽을 수 있었다.

6시에 일어나 볼 것, 그의 감정을 변화시켜 볼 것.
뤼시앵과 샤를에게 편지 쓰기.
앙젤을 위해 nigra sed formosa[6]를 옮길 만한 단어 찾기.
다윈의 책을 끝까지 읽을 수 있으리라 희망하기.
로르(『팔뤼드』 설명하기), 나오미, 베르나르를 방문하기.

---

6   '검지만 아름다운'이라는 뜻으로, 구약 성경의 「아가」 1장 5절에 나오는 문구.

위베르를 당황하게 하기.(중요함)

저녁에는 솔페리노 다리를 건너 볼 것.

진균성 종양(fongosité)과 관련한 수식어 찾기.

이게 다였다. 나는 펜을 다시 잡고, 전부 삭제한 다음 간단하게 적었다.

"앙젤과 짧은 여행을 즐겁게 떠날 것." 그러고서 자러 갔다.

향연

목요일

많이 불편했던 밤을 보내고 오늘 아침엔 약간 힘겹게 일
어났다. 변화를 줘 보고 싶어서 우유 대신 차를 마셨다. 수첩
의 오늘 날짜는 하얗게 비어 있었다. 이건 『팔뤼드』라는 의미
였다. 이런 식으로 다른 할 일이 전혀 없는 날은 작업을 위해
비워 둔다. 오전 내내 글을 썼다.

티튀루스의 일기

커다란 벌판을, 막막한 벌판을, 끝없이 펼쳐진 너른 공간을 돌아다녔
다. 꽤 낮은 언덕에서 보아도, 살짝 올라온 땅은 여전히 잠들어 있는 것 같
았다. 이탄지를 돌아다니는 게 좋다. 습기가 덜한 흙이 쌓여서 훨씬 견고
한 자리에 오솔길이 생겼다. 다른 곳은 여기저기 흙이 부스러져 있고, 발
밑에는 이끼 더미가 깔려 있다. 물이 많은 곳의 이끼들은 물컹거린다. 군
데군데 숨겨진 배수로 때문에 이끼가 말라 가고, 그래서 땅 밑에서 히드와
짧막한 소나무종이 자라난다. 거기에서는 석송도 솟아오른다. 여기저기
거무스름하게 썩은 물이 웅덩이에 고여 있다. 나는 낮은 지대에 살고, 가

봐야 아무것도 볼 수 없다는 사실을 잘 알기에 언덕에 올라가서 내다볼 생각은 전혀 들지 않는다. 구름 낀 하늘에도 나름의 매력이 있다지만, 나는 멀리 바라보지 않는다.

때때로 괴어 썩은 물 표면에서 찬란한 무지갯빛 광채가 펼쳐지는데, 아주 아름다운 나비의 날개도 그토록 아름다운 색채를 만들어 낼 수는 없을 정도다. 물 표면은 부스러진 재료들로 만들어진 알록달록한 얇은 막으로 덮여 있다. 밤은 못 위로 인광(燐光)을 번뜩이고, 늪에서 피어오르는 불은 숭고해 보이기까지 한다.

늪이여! 대체 그대의 매력을 말하는 자 누구인가? 티튀루스!

나는 생각했다. '이 페이지들은 앙젤에게 보여 주지 말아야겠다. 왜냐하면 티튀루스가 행복해 보일 테니까.'

몇 가지 메모를 더 적었다.

티튀루스는 어항 하나를 산다. 그는 방에서 가장 푸르스름한 곳의 한복판에 어항을 놓아두고, 바깥에서 볼 수 있는 풍경을 전부 어항 속에서 다시 볼 수 있으리라 기대하며 즐거워한다. 그는 어항에 진흙과 물만 담는다. 진흙 속에는 알아서 잘 살아가는 미지의 생명체가 있어서 그를 즐겁게 한다. 그는 유리 가까이에 다가가지 않으면 아무것도 보이지 않을 정도로 내내 탁한 물속에서 더 노랗게 보이는 햇빛과 더 잿빛으로 보이는 그림자가 교대로 나타나는 광경을 좋아한다. 닫힌 덧창 틈새로 들어온 빛이 어항의 유리를 관통한다. 물은 언제나 그가 생각했던 것보다 더 생기 있다……

바로 그때 리샤르가 들어왔다. 그는 토요일 점심 식사에 나를 초대했다. 마침 그날 지방에 일이 있을 거라고 대답할 수 있어서 기분이 좋았다. 그는 몹시 놀란 듯, 한마디도 덧붙이지 않고 가 버렸다.

그러고 나서 잠시 후 간단하게 점심을 먹고 집을 나섰다. 자신의 희곡을 교정하는 에티엔을 만나러 갔다. 그는 내게 『팔뤼드』를 쓰는 것이 정말 옳다고 말한다. 그의 이야기를 들어 보면, 나는 극작가로서 재능이 없었다. 그와 헤어졌다. 길에서 롤랑을 만나 아벨의 집까지 함께 갔다. 아벨의 집에서 시인 클로디우스와 위르뱅을 만났다. 그들은 희곡을 쓰기가 이제 불가능하다고 얘기하던 중이었다. 각각 상대방이 제시한 이유에 동의하지 않았지만, 연극을 없애야 한다는 생각에는 합의했다. 그들은 또한 내가 시 쓰기를 그만두길 정말 잘했다고, 내가 시를 제대로 쓰지 못했다고 말했다. 테오도르가 들어왔고, 그다음엔 내가 못 견디게 싫어하는 발터가 왔다. 아벨의 집에서 롤랑과 함께 나왔다. 거리로 나서자마자 내가 말을 꺼냈다.

"산다는 건 정말 참을 수 없어! 친구, 자네는 참을 만한가?"

"참고말고, 자네는 왜 못 참겠다는 거지?"

"삶에 변화만 있어도 충분할 텐데, 삶은 그렇지가 않잖아. 대리인에게 맡기더라도 똑같이 해낼 수 있을 정도로, 어제 우리가 했던 말을 반복해서 내일 사용할 문장들을 만들어 낼 수 있을 정도로 우리 행동은 전부 너무나 뻔해. 목요일이면 아벨이 초대하겠지. 위르뱅, 클로디우스, 발터 그리고 자네가 거기 가지 않는다면 그건 마치 아벨의 집에 아벨이 없는 것만큼이나 놀라운 일일걸! 오! 불평하려는 것은 아니야. 어쨌든 이제 더는 못 참겠어. 난 떠나. 여행을 떠날 거야."

"자네가? 어디로, 언제?" 롤랑이 물었다.

"모레. 어디로? 모르겠는데…… 어쨌든, 친구, 내가 어디로 갈지, 가서 무얼 할지 자네가 안다 해도, 내가 고통에서 빠저나올 수 없으리라는 걸 알아야 해. 그저 떠나기 위해 떠나는 걸세. 그 뜻밖의 사건이 내 여행의 목적이지. 예상할 수 없는 일 말이야. 이해하겠나? 예상할 수 없는 일이라고! 함께 가자고 제안하지는 않을 거야. 앙젤을 데려가거든. 그나저나 구제 불능인 사람들은 안주하게 내버려 두고 자네만이라도 어디 떠나 보면 좋을 텐데, 그러지 않는 이유가 뭔가?"

"미안하지만, 난 자네랑은 다르네. 내가 떠난다면 나는 목적지를 아는 편이 훨씬 좋거든." 롤랑이 말했다.

"그렇다면 이제 어디로 갈지 골라 볼까! 자네는 어디가 좋겠나? 아프리카! 자네 비스크라라는 곳 아냐? 사막에 내리쬐는 태양을 떠올려 봐! 그리고 야자수들도. 롤랑! 롤랑! 낙타들도 있을 거야! 지붕들과 도시, 그리고 도시의 먼지 사이로 아주 초라하게 흘깃 보이던 바로 그 태양이 벌써 그곳을, 벌써 바로 그곳을 비추고 있다고 생각해 보게! 이미 그곳을 비추고 있다고! 그리고 어디서든, 무슨 일이든 가능하다고 생각해 보라고! 자네는 언제까지 기다리기만 할 텐가? 아! 롤랑. 여기는 공기가 부족하고 지겨워서 하품만 나와, 떠나지 않겠나?"

"이봐 친구, 아마 그곳에서는 아주 놀랍고 아름다운 일들이 나를 기다리고 있을지도 모르지. 그런데 너무 많은 일들이 내 발목을 잡네. 바라지 않는 편이 나아. 비스크라에 갈 수 없네." 롤랑이 말했다.

"하지만 그 일들을 때려치우기 위해서라도 떠나야 한다네. 바로 그거지, 자네를 옭아매는 일들에서 벗어나기 위해서 말이야. 자네는 언제까지고 순순히 속박당하겠다는 건가? 나 같으면, 알 바 아니라고 할 거야. 나는 또 다른 여행을 위해 떠난다는 걸 알아 두게. 생각해 봐, 어쩌면 우린 오직 한 번밖에 못 살지. 자네가 올라탄 회전목마가 얼마나 조그만 원을 그리며 돌고 있는지도 생각하라고!"

"아! 친구, 그만 좀 하게. 나한테 아주 중요한 이유가 있다고, 게다가 자네 논지는 짜증 나니까. 나는 비스크라에 못 간다고."

"그래, 그럼 그 얘기는 그만하지. 게다가 이제 집에 다 왔으니까. 자! 당분간 안녕일세. 그리고 부디 내가 떠난다는 얘기를 다른 사람들에게도 모두 알려 주길 바라네."

나는 집으로 들어갔다.

6시에 절친한 친구 위베르가 왔다. 조합 회의에서 오는 길이었다.

"그들이 내게『팔뤼드』얘기를 했어!"

"그들이 누군데?" 내가 흥분해서 물었다.

"친구들이지…… 알고 있어? 아주 마음에 안 들어 하던데. 심지어 네가 다른 것을 쓰면 더 잘 쓸 수 있을 거라고까지 말하더군."

"그런 얘기라면 그만해."

"알다시피 나야 그 글에 대해 잘 모르잖아, 그냥 듣기만 했어." 그가 말했다. "네가『팔뤼드』를 쓰는 게 즐겁다고 한 이상……."

"아니 전혀 즐겁지 않아." 내가 큰 소리로 말했다. "내가 『팔뤼드』를 쓰는 이유는, 그러니까…… 그냥 다른 얘기나 하자…… 나 여행 갈 거야."

"그러든지!" 위베르가 시큰둥하게 대꾸했다.

"그래, 가끔 도시를 조금 벗어날 필요가 있잖아. 내일모레 떠나. 어디 갈지는 모르고…… 앙젤과 같이 가."

"뭐라고? 네 나이에!"

"이것 봐, 친구. 그녀가 가자고 한 거야. 너한테 함께 가자고는 안 하겠어. 네가 아주 바쁜 걸 아니까……."

"게다가 너희끼리만 있는 게 더 좋겠지…… 괜찮아. 오랫동안 멀리 가 있는 거야?"

"한참은 아니야. 시간도 없고 돈도 없으니. 어쨌든 중요한 건 파리를 떠난다는 거야. 도시를 빠져나가려면 동력 기관으로 움직이는 교통수단을 이용해야겠지. 급행열차 같은 거 말이야. 사실 어려운 건 도시 외곽 지역을 넘어가는 일이잖아." 나는 일어나서 걸었다. 그리고 흥분해서 말했다. "진짜 시골이 나올 때까지 얼마나 많은 역을 지나야 할까! 역마다 사람들이 내리겠지. 마치 경마 초반에 말들이 차차 나가떨어지듯 열차 안은 비어 갈 테지. 승객들! 승객들은 어디 있지? 그때까지 열차에 남아 있는 사람들은 일하는 사람들일 거야. 운전사들과 기술자들, 그들은 끝까지 가겠지. 기관차에서 말이야. 그런데 끝에 가면 또 다른 도시가 나오겠지. 시골! 도대체 시골은 어딜까?"

"이봐, 친구. 과장이 심하군. 시골은 도시가 끝나는 곳에서 시작하잖아. 단순한데." 위베르도 같이 걸으며 대답했다.

"그런데 친구, 분명히 말하자면, 도시는 끝이 나질 않아. 도시를 지나면 교외가 나와…… 넌 교외를 잊은 모양인데, 두 도시 사이에 있는 공간 말이야. 점점 줄어들고 드문드문 나오는 가옥이며, 도시 다음에 바로 도시가 이어지는 대신 더 흉한 뭔가가 있잖아…… 채소밭들도 있고! 길 양쪽 가장자리로 경사진…… 길! 우리 모두가 가야 할 곳은 다름 아닌 바로 거기야……."

"이 얘기를 『팔뤼드』에 넣으면 되겠네." 위베르가 말했다.

위베르의 말에 나는 갑자기 화가 치밀었다. "이 모자란 친구 같으니, 넌 시 한 편의 존재 이유에 대해 아무것도 이해하지 못하는 거야? 시의 본질이나 시의 기원 같은 것도 모르지? 책은 말이야…… 위베르, 어쨌든 한 권의 책은 알처럼 닫혀 있고, 가득 차 있고, 매끈한 거야. 힘을 쓰지 않고서는 그 안에 바늘 하나 찔러 넣을 수 없다고. 그런데 억지로 힘을 사용하면 알은 깨져 버리고 말지."

"그렇다면 네 알은 가득 차 있어?" 위베르가 물었다.

"이봐 친구, 어쨌든 알은 채워지는 게 아니야. 가득 찬 채로 나오는 거지…… 게다가 그 얘기는 이미 『팔뤼드』 안에 있어…… 그러니 내가 다른 것을 쓰는 게 더 나으리라는 얘기는 바보 같은 소리지…… 바보 같다고! 알겠어?…… 다른 거라니! 더 나은 것 따위, 나는 바라지도 않았어. 어쨌든 그러니까 여기도 다른 곳들처럼 양쪽이 경사져 있음을 알아야 해. 우리가 가야 하는 길은 피할 수 없고, 우리가 해야 할 일도 마찬가지야. 내가 계속 여기 있는 이유는 아무도 여기 있으려고 하지 않기 때문이야. 나는 철저하게 논증을 거쳐서 하나의 주제를 선택했는데, 그게 『팔뤼드』야. 내 땅에 일하러 올 만큼 박탈당한 사람은 아무도 없으리라 확신하니까. 바로 이것이 내가 몇 개의 단어 — 나는 티튀루스이고, 외롭다. — 로 표현해 보려고 했던 거야. 이 문장을 네게 읽어 주었지만, 너는 관심도 없었잖아…… 그리고 나한테 제발 문학에 대해 말하지 말라고 수없이 얘기했다고!" 그러고는 분위기를 바꾸어 볼 요량으로 말을 이었다. "그건 그렇고, 오늘 저녁에 앙젤의 집에 갈 거야? 그녀가 사람들을 초대했는데."

"문인들을 초대했지…… 안 갈 거야. 너도 알다시피, 하는 일이라고는 떠드는 것밖에 없는 사람들이 모이는 모임은 안 좋아해서. 그리고 내 생각엔, 너도 거기 가면 갑갑하긴 마찬가지 텐데."

"맞아, 그렇지만 앙젤의 마음을 상하게 하고 싶지는 않아. 그녀가 나를 초대했거든. 게다가 아밀카르를 만나서 사람들이 숨 막혀 하는 모습을 보여 주고 싶거든. 앙젤의 거실은 그런 저녁 모임을 하기에는 정말 너무 작아. 그녀에게 그 얘기를 해 봐야겠어. 옹색하다는 말까지 사용해 볼까 해…… 그리고 모임에서 마르탱이랑 할 얘기도 있어."

"좋을 대로 해. 난 가 볼게. 안녕."

그는 떠났다.

문서들을 정리하고 저녁을 먹었다. 식사하는 내내 여행에 대해 생각했고, "하루만 더!"라고 되풀이해 말했다. 식사가 끝나 갈 무렵, 앙젤의 제안에 몹시 감동해서 그녀에게 몇 마디 글이라도 써야겠다고 생각했다. '지각은 감각의 변화에서 시작한다. 그런고로 여행은 필연적이다.'

그러고 나서 편지를 봉투에 넣고, 천천히 그녀의 집으로 향했다.

앙젤은 5층에 산다.

손님을 초대한 날이면 앙젤은 자기 집 문 앞에 장의자를 하나 놓고, 3층 층계참, 그러니까 로르의 집 문 앞에도 의자 하나를 놓는다. 다들 거기서 숨을 돌린다. 갑갑한 공기에 대비하는 것이다. 정거장처럼. 나는 숨이 가빠 첫 번째 장의자에 앉았다. 그러고는 주머니에서 종이 한 장을 꺼내 마르탱에게 써먹을 문구를 확인해 보았다.

떠나지 않는 것, 그건 잘못이다. 한편 우리는 떠날 수 없다. 하지만 그건 떠나지 않기 때문이다.

아니! 이게 아니지! 다시 시작해 보자. 나는 종이를 찢어 버렸다. 갇혀 있으면서도 자신이 밖에 있다고 믿고 있음을 지적해야 한다. 가련한 내 삶이여! 예를 들어 보자. 그 순간 누군가 올라왔다. 마르탱이었다.
"뭐야! 작업하는 거야?"
"어서 와, 친구. 너한테 할 말을 적는 중이니 방해하지 말아 줘. 저 위 다른 장의자에서 기다려 줄래?"
그는 계단을 올라갔다.
나는 이렇게 적었다.

떠나지 않는 것, 그건 잘못이다. 게다가 우리는 떠날 수 없다. 그건 떠나지 않기 때문이다. 이미 자신이 밖에 있다고 생각하기에 떠나지 않는다. 갇혀 있다는 사실을 스스로 깨달았다면, 어쨌든 떠나고 싶다는 마음을 먹었으리라.

아니, 이게 아니다! 이게 아니야! 다시 시작해 보자. 나는 종이를 찢어 버렸다. 다들 제대로 보지 않고 밖에 있다고 믿고 있음을 지적해야 한다. 심지어 다들 눈이 멀어서 제대로 보려고 하지도 않는다. 가련한 내 삶이여! 나는 뭐가 뭔지 하나도 모르겠다…… 더군다나 여긴 무언가를 쓰기에 참으로 끔찍한 곳이다. 다른 종이를 한 장 집었다. 그 순간 누군가 올라왔다.

철학자 알렉상드르였다.

"어이구! 작업하고 계시는군요?"

나는 쓰는 일에 집중한 채 대답했다.

"안녕하세요. 마르탱에게 쪽지를 쓰고 있어요. 마르탱은 위층 장의자에 앉아 있고요. 앉으세요. 금방 끝나니까……아! 자리가 없나요?"

"상관없어요. 내겐 의자로 쓸 수 있는 사냥용 지팡이가 있으니까요." 그는 자기 장비를 펼치고 앉아서 기다렸다.

"이제, 끝났네요." 나는 난간 쪽으로 몸을 내밀어 큰 소리로 외쳤다.

"마르탱! 너 위에 있어?"

"응! 기다리고 있어. 의자를 가져와." 그도 소리쳤다.

흡사 내 집에서 하듯이, 앙젤의 집에서도 내 의자를 가지고 돌아다녔다. 우리 셋은 위층에 자리를 잡았고, 알렉상드르가 기다리는 사이 나와 마르탱은 쪽지를 교환했다.

내 종이에는 이렇게 쓰여 있었다.

자신이 행복하다고 믿으려면 장님이 될 것. 보려고 애쓰지 않으려거든 분명하게 보았다고 믿을 것.

우리는 우리의 불행만을 볼 수 있기에.

그의 종이에는 이렇게 쓰여 있었다.

볼 수 없음을 행복해할 것. 보려고 애쓰지 않으려거든 분명하게 보았다고 믿을 것.

자신을 보면 불행하게 될 뿐이기에.

내가 큰 소리로 말했다. "그러니까 내가 슬프게 생각하는 것이 바로 너에게는 기쁜 일이구나. 네가 그걸 즐거워한다는 사실이 나를 슬프게 해. 반면 내가 그걸 슬프게 생각한다는 사실이 너를 즐겁게 할 수 없으니, 내가 옳은 게 틀림없어. 다시 시작해 보자."

알렉상드르는 기다리고 있었다.

"거의 끝났어요. 곧 설명해 줄게요."

우리는 쪽지를 다시 집었다.

나는 이렇게 썼다.

너를 보면 numero deus impare gaudet[7]를 '숫자 2는 홀수가 되어 즐거워한다.'라고 번역하는 사람들이, 그리고 그게 정말 맞는 말이라고 생각하는 사람들이 떠올라. 그런데 홀수라는 성질이 그 자체로 어떤 행복을 약속한다는 게 사실이라 해도 ─ 나라면 자유를 약속한다고 했겠지만 ─ 숫자 2에 대해 말하지 않을 수 없었겠지. '하지만 불쌍한 친구여, 자네도 홀수가 아니야. 홀수가 되어 만족하려면 자네는 적어도 홀수가 되려고 노력해야 하네.

그는 이렇게 썼다.

너를 보면 Et dona ferentes[8]를 '나는 그리스인들이 두렵다.'라고 번역하는 사람들이 떠올라. 이제는 선물을 알아보지 못하는 사

---

7 베르길리우스, 「농경시(Bucoliques)」, VIII, v. 76. "Le nombre impair plait a la divinite." '홀수는 신을 즐겁게 한다.'라는 뜻이다.

8 베르길리우스, 「아이네이스(Eneide)」, II, v. 49. "Timeo Danaos et dona ferentes." '선물을 가져왔더라도.'라는 뜻이다.

람들 말이야. 그런데 선물마다 당장 우리를 노예로 삼으려 하는 그리스인이 숨어 있더라도 말이지, 나는 그리스인에게 이렇게 말하겠어. "친절한 그리스인이여, 선물을 주고 잡아가시오. 그러면 우린 서로 빚이 없는 거요. 당신이 아무것도 주지 않는다고 해도 내가 당신의 친구임은 사실이지만." 내가 그리스인을 말하는 까닭은, 필연성을 이해하라는 뜻이지. 필연성은 주는 만큼 얻을 수 있을 뿐이야.

우리는 쪽지를 교환했다. 시간이 조금 흘렀다.
내 쪽지에 그는 이렇게 썼다.

생각하면 할수록, 나는 너의 예시가 바보스럽다고 생각한다, 왜냐하면 결국…….

그의 쪽지에 나는 이렇게 썼다.

생각하면 할수록, 나는 너의 예시가 바보스럽다고 생각한다. 왜냐하면 결국…….

…… 이 부분에서 여백이 다 채워졌으므로, 각자 자기 쪽지를 뒤집었다. 그랬더니 그의 쪽지 뒷면에는 이런 게 쓰여 있었다.

규칙 속의 행복. 즐거워하기. 전형적인 메뉴 찾기.
1. 수프(위스망스식)
2. 비프스테이크(바레스식)
3. 채소 선택(가브리엘 트라리외식)

4. 에비앙 한 병(말라르메식)

5. 금빛을 띤 초록색 샤르트뢰즈(오스카 와일드식)

내 쪽지 뒷면에서 읽을 수 있는 거라곤 그저 식물원에서 적은 시적 단상뿐이었다.

티튀루스가 웃었다.

"티튀루스가 누구지?" 마르탱이 물었다.

"바로 나야." 내가 답했다.

"그래서 네가 가끔 웃는구나!"

"이보게 친구, 설명해 줄 테니 좀 기다려 봐. (이번만은 되는 대로 가 보자!) 티튀루스는 바로 나이기도 하고, 내가 아니기도 해. 티튀루스는 모자란 자야. 바로 나이고, 바로 너이기도 해. 그러니까 우리 모두인 거지…… 그렇다고 그렇게 웃지는 마. 짜증 나잖아. 신체가 자유롭지 못하다는 의미에서 모자란다 는 표현을 사용한 거야. 그는 항상 자기의 비참함을 기억하지 못해. 그게 바로 조금 전에 네게 했던 얘기야. 다들 잊어버리 는 순간이 잊기 마련이잖아. 어쨌든 이건…… 시적인 단상일 뿐이라는 걸 알아줬으면 해."

알렉상드르가 우리가 쓴 쪽지를 읽었다. 그는 철학자다. 나 는 알렉상드르의 말을 늘 경계하며, 절대로 반응하지 않는다. 그는 미소를 짓더니 내 쪽으로 몸을 돌리며 말하기 시작했다.

"제 생각에 선생이 자유로운 행위라고 부르는 것은, 선생 의견을 따르자면, 그 무엇에도 의지하지 않는 행위 같군요. 잘 들어 보세요. 자유로운 행위는 떼어 놓을 수 있는 것이지요, 제가 발전시키는 논지를 보면 아시겠지만, 그러니까 없앨 수 있다는 겁니다. 결론은, 그러니까 그건 아무 가치가 없다는 거예요. 당신을 다시 모든 것에 결부시켜 보세요, 선생, 우연은 바라지 말고요. 무엇보다 우연성은 손에 넣을 수 없을 테니까요. 게다가 얻었더라도 그게 당신에게 무슨 쓸모가 있겠습니까?"

여느 때와 같이 나는 아무 말도 하지 않았다. 철학자가 답변하면, 그에게 무엇을 물었는지조차 혼란스러워진다.

누군가 올라오는 소리가 들렸다. 클레망, 프로스페르 그리고 카시미르였다. 알렉상드르와 함께 있던 우리를 보고는 그들이 말했다. "다들 스토아학파 철학자가 된 건가? 들어갑시다, 스토아학파 철학자 나리들."

그들의 농담이 거들먹거리는 듯 여겨졌으므로 나는 다들 입장한 뒤에나 들어가야겠다고 마음먹었다.

앙젤의 거실은 이미 사람들로 가득했다. 사람들 가운데서 앙젤이 돌아다니며 웃고 있었고, 커피와 브리오슈를 나눠 주었다. 나를 보자마자 그녀가 급히 다가왔다.

"아! 당신 왔군요." 그녀는 소리를 낮추어 말했다. "사람들이 지겨워할까 봐 좀 걱정이에요. 당신이 시를 읊어 줘요."

"그래도 지겨워하긴 마찬가지일 거예요. 알다시피 저는 시를 잘 모르기도 하고요."

"아니, 잘 알잖아요. 당신은 늘 무엇인가를 쓰다가 오잖아요."

바로 그때 일드브랑이 다가왔다.

"아! 선생." 나와 악수하며 그가 말했다. "만나서 반갑습니다. 당신의 최근작을 읽는 즐거움을 누리지 못했지만, 친구 위베르가 그 작품의 가장 훌륭한 점을 알려 줬죠……. 게다가 오늘 밤 선생이 우리에게 시를 읽어 주시는 호의를 베푸신다던데요…….”

앙젤이 자리를 떴다.

일드베르가 다가왔다.

“그러니까, 선생이 『팔뤼드』를 쓰신다죠?”

“당신이 그걸 어떻게 알죠?” 내 목소리가 커졌다.

“제가 안다고 해서 더 문제가 될 건 없잖아요.” 그가 (과장된 몸짓으로) 대답했다. “『팔뤼드』는 지난번 책과 비슷하지 않다고 하던데요. 그 책을 읽는 기쁨을 누리진 못했지만, 위베르가 많이 얘기해 줬거든요. 우리에게 시구를 읽어 줄 거죠, 그렇죠?”

“진흙 속의 벌레⁹는 말고.” 이시도르가 바보 같은 소리를 했다. “위베르 얘기를 듣자니, 『팔뤼드』에는 벌레가 많이 나올 것 같던데. 아! 그런데 친구, 『팔뤼드』가 뭔가?”

발랑탱이 다가왔고 여러 사람이 동시에 귀 기울이자, 나는 정신이 없었다.

나는 이야기를 시작했다. “『팔뤼드』는…… 특징 없는 땅에 관한 이야기예요. 누구에게나 속하는 땅에 대한…… 덧붙이자면 보통 사람들의 땅인데, 그 땅에서 각자 이야기를 시작하죠. 이를테면 우리가 이야기하는 제삼자에 관한 이야기예요. 우리 각자의 안에 살지만, 우리와 함께 죽지는 않죠. 베르길리우스의 책에서는 티튀루스라고 불리는데, 베르길리우스가 분명하게 누워 있다고 밝힌 사람 말이죠. Tityre

---

9   프랑스어 vers는 '벌레'와 '시구'를 의미하는 동음이의어다.

recubans(누워 있는 티튀루스)라고요.『팔뤼드』는 누워 있는 남자 이야기예요."

"이런, 나는 늪 이야기인 줄 알았는데." 파트라스가 말했다.

"이봐요, 생각은 다 다른 법이니까요. 그래도 핵심은 변하지 않죠. 어쨌든 똑같은 것을 이야기해도 저마다 고유한 방식이 있음을 알아주셨으면 해요. 똑같은 것, 제 말을 정확하게 이해해 줘요. 각자의 새로운 생각에 따라 그 똑같은 것도 형태를 바꾸죠. 이제『팔뤼드』는 앙젤의 거실에 관한 이야기예요."

"결국, 아직 생각이 제대로 정리가 안 된 것 같군요." 아나톨이 말했다.

필록센이 다가오더니 말을 건넸다.

"선생. 당신이 시를 읊어 주길 모두가 기다리고 있어요."

"쉿! 쉿! 이제 낭송할 거예요." 앙젤이 말했다.

모두 입을 다문다. "그런데 여러분." 내가 격앙되어 큰 소리로 말했다. "제가 뭐 대단한 걸 하려는 건 아닙니다. 그저 여러분의 청을 어길 수 없으니, 아주 짧은 부분을 읽을 수밖에 없군요."

"읽어 봐요! 읽어 줘요!" 여럿이 입을 모았다.

"여러분이 그렇게 원하신다면…… 어쩔 수 없죠." 나는 주머니에서 종이 한 장을 꺼내 자세를 잡지도 않고, 무기력한 어조로 읽어 나갔다.

산책

우리는 황야를 산책했다.

아! 마침내 신이 우리의 소리를 듣는구나!

우리는 황야를 떠다녔다.

그리고 밤이 다가왔을 때

우리는 앉고 싶었다.

그토록 우리는 피로했기에.

……모두 계속 입을 열지 않았다. 분명 낭송이 끝났음을 깨닫지 못한 것이다. 다들 기다렸다.

"끝났어요." 내가 말했다.

그러자 침묵 속에서 앙젤의 목소리가 들렸다.

"아! 매력적이에요! 『팔뤼드』에 이 부분을 넣어야만 할 거예요." 그런데도 다들 여전히 입을 다물고 있었기에 그녀가 한마디를 보탰다. "그렇지 않나요, 신사분들? 이 부분을 『팔뤼드』에 넣어야겠죠?"

그때, 잠시 소란 비슷한 기운이 일었다. 어떤 이들이 "『팔뤼드』? 『팔뤼드』라고? 그게 대체 뭔가요?"라고 물어온 것이다. 그러자 다른 쪽에서 『팔뤼드』에 대해 설명했는데, 여전히 모두 어정쩡한 투였다.

나는 한마디도 할 수 없었는데, 그 순간 근원을 찾는 데 혈안이 된 박식한 생리학자 카로뤼스가 의아하다는 듯 내게 다가왔다.

"『팔뤼드』가 뭐냐고요?" 나는 곧바로 답하기 시작했다. "선생, 그건 어두운 동굴 속에서 살아가는 동물들의 이야기예요. 눈을 사용하지 않아서 시력을 잃은 동물들이죠. 이젠 저를 좀 놔두세요. 너무 덥군요."

하지만 예리한 비평가인 에바리스트가 이렇게 주장했다.

"주제로 삼기에 좀 독특하지 않을까 걱정스럽네요."

나는 대답할 수밖에 없었다. "선생, 너무 독특한 주제 같은 건 없어요. 베르길리우스는 'Et tibi magna satis.'[10]라고 썼지요. 그러니까 정확하게 말하자면 그게 바로 내 주제예요. 유감스럽게도 말입니다.

예술이 의존하는 일반성이 예술 안에서 이해되려면, 예술은 충분한 능력을 갖추고 독특한 주제를 그려야 합니다. 추상적인 단어들이라 표현이 아주 서투르군요. 생각 자체가 이미 추상적이라서요. 하지만 문에 눈을 바싹 댔을 때 열쇠 구멍으로 드러나는 아주 거대한 풍경을 떠올린다면 제 생각을 확실하게 이해할 수 있을 겁니다. 여기서 오로지 허리를 구부릴 줄만 안다면, 단지 열쇠 구멍뿐일지라도 그 구멍을 통해 온 세상을 볼 수 있을 겁니다. 일반화할 가능성만 있다면 충분해요. 일반화, 이것은 독자와 비평가 들이 하는 일이죠."

"선생은 작업을 유난히 쉽게 만드는군요." 에바리스트가 말했다.

"그러지 않으면, 당신이 할 일이 없을 텐데요." 질식하기 직전의 내가 답하자 그는 멀어져 갔다. '아! 나가서 숨 좀 쉬고 싶다!' 하는 생각이 들었다.

바로 그때 앙젤이 내 소매를 잡아끌었다.

"이리 와 봐요. 보여 줄 게 있어요."

그녀는 커튼 쪽으로 나를 끌고 가더니, 커튼을 조심스럽게 쳐들고는 유리판 위에서 소음을 내는 커다란 검은 형체를 보여 주었다.

"당신이 너무 덥다고 불평할까 봐, 선풍기를 설치해 뒀어요."

---

10 "그래서 그들이 너를 충족시킨다."라는 뜻의 라틴어.

"아! 고마운 앙젤."

"그런데 소리 때문에 커튼 뒤쪽에 가져다 놓을 수밖에 없었어요."

"아! 그랬군요! 앙젤, 그런데 이건 너무 작잖아요!"

"판매상은 이게 문인들 모임에 딱 맞는 크기라고 하던데요. 이것보다 좀 더 큰 건 정치 회합용이랬어요. 그랬다면 서로 말소리를 들을 수조차 없었을 테죠."

그때 모럴리스트 바르나베가 와서 내 소매를 잡아당기며 말했다.

"선생 친구 여럿이 『팔뤼드』에 대해 충분히 설명해 준 덕분에 선생이 쓰려는 게 뭔지 분명히 이해하게 되었어요. 내 생각에 그건 쓸모없고 해로운 것 같아서 주의를 주고 싶군요. 당신은 현실에 안주하는 것을 몹시 못마땅하게 여겨서, 다른 사람들에게 행동을 강요하고 싶어 하죠. 그들 스스로 행동하기 전에 당신이 끼어들수록, 그들의 행동은 그들 자신과 무관해지죠. 당신은 그 점을 고려하지 않은 채 행동하라고 강요한다고요. 그러면 당신의 책임만 늘어 갈 뿐입니다. 반면 그들의 책임은 그만큼 줄어들고요. 그런데 그들에겐 행동의 유일한 책임만이 중요할 따름이죠. 그들이 어떻게 보이는지는 중요하지 않아요. 당신도 우리가 무엇을 원해야 하는지까지는 가르쳐 줄 수 없지 않습니까. 'Velle non discitur.'[11]라는 말이 있죠. 당신은 그저 영향을 미칠 뿐입니다. 사실 마침내 어떤 무가치한 행동이나마 끌어낸다면, 그것만으로도 얼마나 대단한 일이겠습니까!"

---

11 '의지는 배울 수 없다.'라는 뜻의 라틴어.

내가 그에게 대꾸했다.

"그러니까 선생은 우리가 다른 이들을 책임질 수 있다는 사실을 부인하기에, 모두 다른 사람들에게 무관심하다고 말하고 싶은 거군요.

어쨌든 다른 이들을 책임지기란 몹시 어려운 일이죠. 우리가 책임져야 할 역할은 어느 정도 간접적인 방식으로 대단한 행위들을 만들어 내는 데 있지 않아. 바로 작은 행위들에 대한 책임을 점점 키워 가는 데 있지요.

선생은 행동할 때 두려움을 키우려는 게 아닐까요? 그렇지 않나요? 선생이 키우는 건 책임감이 아니라 불안감이에요. 그런 식으로 선생은 자유를 더 제한하는 거라고요. 책임 있는 행동은 정확하게 자유로운 행동이에요. 그런데 우리 행동은 이제 자유롭지 않아요. 나는 행동을 하게 하려는 것이 아니에요. 바로 자유를 되찾고 싶을 뿐입니다."

그러자 그는 자신이 했던 말에 생각을 보태려는 듯 교활하게 웃더니, 이렇게 말했다.

"그러니까 내가 선생 생각을 제대로 이해했다면, 선생은 사람들의 자유를 제약하고 싶은 거군요."

"이봐요." 내가 큰 소리로 말했다. "나는 아픈 사람들이 주변에 있으면 걱정이 돼요. 그리고 내가 그들을 치료하려고 애쓰지 않으면, 선생이 말하는 것처럼 그들을 치료하는 행위의 의미가 줄어들까 봐 걱정이 되죠. 적어도 나는 그들에게 그들이 아프다는 사실을 알려 주려고 애씁니다. 그들에게 그걸 얘기해 주려 한다고요."

갈레아스가 어리석은 말 한마디를 보태려고 다가왔다.

"환자를 치료하는 건 환자에게 질병을 알려 주는 것이 아니라, 건강의 좋은 양상을 보여 주는 것이지요. 병원 침대마다 누워 있는 정상적인 사람들을 그려야만 합니다. 복도는 파르네세의 헤라클레스 석상들로 채우고요."

그때 갑자기 발랑탱이 끼어들었다.

"먼저 짚고 넘어갈 것이 있는데, 정상인을 헤라클레스라고 부르지는 않습니다." 그러자 사람들이 수군거렸다. "쉿! 쉿! 위대한 발랑탱 녹스가 말할 모양이야."

그가 말을 이었다.

"제가 보기에 건강도 부러움을 살 정도로 소중한 건 아닌 듯싶습니다. 건강은 단지 하나의 균형일 뿐, 가장 대수롭지 않은 것이지요. 과한 것들이 없는 상태를 말하는 겁니다. 오로지 다른 이들과 구분되는 것으로만 우리의 가치를 찾지요. 그러니까 무엇으로도 대체할 수 없는 개인의 성질이야말로 우리에게 가치가 있는 질병이에요. 달리 표현해 보자면, 우리에게 중요한 건 바로 오직 우리만이 가지고 있는 무엇이라는 얘깁니다. 다른 누구에게서도 찾을 수 없는 것, 당신들이 말하는 정상인에겐 없는 것 말입니다. 그런데 이것들을 당신들은 질병이라고 부르지요.

사실 질병을 결핍으로 취급해서는 안 됩니다. 반대로 질병은 무엇인가가 더 있는 거예요. 이를테면 꼽추는 혹이 더 있는 사람이잖아요. 그러므로 여러분이 건강을 질병이 없는 상태로 이해해 줬으면 합니다.

정상인은 우리에게 거의 중요하지 않아요. 정상인은 지워 버려도 되는 사람이라고 말하고 싶군요. 그런 사람은 곳곳에서 볼 수 있으니까요. 인류 사이에 가장 폭넓게 퍼져 있죠. 수학을 예로 들어, 몇 자리의 수가 있다고 해 봅시다. 하나하나의 개별적인 가치를 사라지게 하지 않고도 그 숫자들을 하나씩 제거할 수 있죠. 정상인, 저는 이 말이 짜증 나는데, 정상인은 특이성들을 정제하는 용해의 과정을 거친 잔재, 원료일 뿐이거든요. 바로 증류기 바닥에서 찾아낼 수 있죠. 몇몇 희귀한 비둘기 종을 교배해서 우리가 다시 얻을 수 있는 것도 원래 비둘기, 그러니까 색깔이 있는 깃털들이 다 떨어진 회색 비둘기일 따름입니다. 그 비둘기와 원래의 비둘기 사이에는 다른 점이 아무것도 없어요."

그가 회색 비둘기 얘기를 꺼내는 바람에 나는 흥분하여 그의 손을 꼭 잡고 말했다.

"아! 발라탱 선생님."

그는 아무렇지 않게 말했다.

"글 쓰는 선생은 조용히 있어요. 나는 오로지 미치광이들에게만 관심이 있는데, 당신은 몹시 이성적이네요." 그러고는 말을 이어 갔다. "정상인은 바로 내가 거리에서 만났던 사람이고, 처음부터 그를 나라고 생각하며 내 이름으로 불렀지요. 그에게 손을 내밀며 큰 소리로 말했어요. 가련한 녹스, 지루한 오늘을 어찌 견뎠나! 그래, 자네의 외알박이 안경으로 무엇을 했나? 그런데 저는 롤랑 때문에 깜짝 놀랐었죠. 저와 함께 산책을 하는데, 그도 자기 이름으로 그 사람을 불러 세우더니 제가 말할 때 동시에 이렇게 말했어요. 가련한 롤랑! 그래, 자네 턱수염은 어디에 두고 왔나? 곧 이 남자가 귀찮아져서, 우리는 아무런 가책 없이 그를 지워 버렸어요. 그는 새롭게 보여줄 것이 없었으니까요. 게다가 그는 아무 말도 하지 않았어요. 그는 비참했거든요. 그 사람, 그러니까 정상인, 그가 누군지 알겠습니까? 우리가 얘기하고 있는 그 제삼자란 말입니다."

그는 내 쪽으로 몸을 돌렸다. 나는 일드베르와 이시도르 쪽으로 몸을 돌려 그들에게 말했다.

"그것 봐요! 제가 뭐라고 했습니까?"

발랑탱은 나를 바라보더니 아주 큰 소리로 말을 이었다.

"베르길리우스의 책에서 제삼자의 이름은 티튀루스지요. 우리와 함께 죽지 않고, 다른 이들의 도움을 받으며 살아가는 그 사람 말입니다." 그러더니 웃음을 터뜨리며 나에게 이렇게 덧붙였다. "그게 바로 우리가 그를 죽이든 말든 전혀 중요하지 않은 이유예요." 그러자 일드베르와 이시도르도 웃음을 터뜨리며 큰 소리로 말했다.

"그것 봐요, 티튀루스를 지워 버려요!"

나는 더 이상 참을 수 없이 화가 나서 말했다.

"쉿! 입 다물어요! 내가 말해 보죠!" 그러고서 나는 되는대로 말하기 시작했다.

"맞아요, 맞아, 선생님들! 티튀루스는 병이 있어요! 우리 모두 다! 우리 모두 다 사는 동안에 그렇잖아요. 의심을 떨치지 못해 힘겨운 시기에 말예요. 가령 한밤중에는, 문을 열쇠로 잠갔던가? 그러면 문에 가서 다시 확인하죠. 아침에는, 넥타이를 맸던가? 손으로 더듬어 보지요. 밤에는, 바지 단추는 채웠던가? 확인해야 합니다. 자! 그러니 여전히 확신 없는 마드뤼스를 보세요! 그리고 보라스도! 이해되시지요. 게다가 생각해 보세요, 그런 일을 이미 완벽하게 처리했다는 사실을 우리는 이미 알고 있잖습니까. 병 때문에 우리는 그렇게 반복하는 거예요. 과거를 돌아보는 병이지요. 벌써 했기 때문에 다시 하는 겁니다. 마치 어제 했던 행동들 하나하나가 오늘을 요구하는 것 같아요. 우리가 생명을 준 아이 같다고요. 이제는 살아

가도록 해야 하는 아이 말입니다."

나는 녹초가 되었고, 악담하는 소리가 들려왔다.

"무엇을 시작했든 간에, 계속 나아가야만 할 것 같은 거지요. 바로 거기서 온갖 행동을 감행해야 한다는 공포가, 숱한 것들에 의존하게 될지 모른다는 두려움이 생깁니다. 하나의 행동을 마치면, 그 행동은 다른 행동의 계기가 되기보다는 우리가 다시 드러누워 — 그러니까 recuban[12]이라 할 수 있는 — 잠을 잘 수 있게 해 주는 푹 파인 공간이 되어 버리지요."

"지금 하신 얘기, 꽤 묘하군요." 퐁스가 말을 꺼냈다.

"아니요, 선생. 이상한 점은 하나도 없어요. 그리고 이 얘기는 『팔뤼드』에 절대 넣지 않을 겁니다. 우리의 개성은 우리가 행동했던 방식에서 벗어나지 않는다는 얘기를 한 것뿐이에요. 개성은 행동 그 자체에 있지요. (마치 음악을 연장하는 장식음처럼) 우리가 행하는 두세 가지 행동 속에 자리를 잡고 있어요. 베르나르가 누굽니까? 목요일이면 옥타브의 집에서 만날 수 있는 사람이지요. 옥타브는 누굽니까? 목요일마다 베르나르를 초대하는 사람입니다. 또 뭐가 있죠? 월요일마다 베르나르 집에 가는 사람이기도 하고요.

우리…… 우리 모두는 누구죠, 선생님들? 우리는 금요일 저녁마다 앙젤의 집에 모이는 사람들입니다."

"어쨌든, 선생, 우선은 그렇게 해 두는 편이 모두에게 좋겠군요." 뤼시앵이 예의를 갖춰 말했다. "그다음은 바로 그게 우리의 유일한 접점이라고 믿으시면 됩니다!"

"아! 지당하신 말씀입니다, 선생. 위베르가 매일 6시에 절

---

12   '눕다.'라는 뜻의 라틴어.

만나러 올 때, 그는 그 시간에 당신 집에 있을 수 없겠죠. 그런데 상황을 바꿔서, 만약 당신이 매일 누군가를 초대한다면, 그게 브리지트라면, 그렇다고 뭐가 달라질까요? 요아킴이 브리지트를 사흘에 한 번씩 초대한다면, 그래도 그게 뭐가 중요하지요? 통계라도 내 봐야 하나요? 그건 아니지요! 그러느니 오늘은 땅에 손을 짚고 걷는 게 더 나을 것 같군요. 어제처럼 두 발로 걷기보다는요!"

"당신은 늘 두 발로 걷는 것 같은데." 퇼리우스가 바보처럼 말했다.

"이봐요, 선생. 바로 그 점이 불만이라고요. 제가 '더 나을 것 같군요.'라고 말했잖아요. 집중하세요! 게다가 지금 거리에서 그렇게 하려고 하면, 사람들은 절 미친놈이라 여기고 당장 잡아 가둬 버릴걸요. 그러니까 저를 짜증 나게 하는 점이 바로 이런 겁니다. 외부의 시선, 법률, 관습, 인도(人道)는 모두 우리의 반복되는 추락을 결정짓고, 우리를 지루하게 만드는 듯합니다. 어쨌든 우리가 사랑하는 반복과 모든 것이 아주 잘 어울린다면 말입니다."

"그래서 도대체 당신 불만이 뭐요?" 탕크레드와 가스파르가 큰 소리로 말했다.

"아무도 불만을 품지 않는 것이 불만이죠! 악을 감수하는 게 악을 더 나쁘게 합니다. 악습이 되니까요, 선생님들. 왜냐면 결국엔 그걸 즐기게 되거든요. 그게 불만입니다, 선생. 반항하지 않는 것 말입니다. 예컨대 라타투유를 먹고 맛있게 먹은 척하기, 40수짜리 식사를 하고 멋진 표정을 짓기, 무언가에 맞서 반항하지 않는 것이 불만이라고요."

"오! 오! 오! 그럼 당신은 혁명주의자인가요?" 여럿이 한

꺼번에 말했다.

"전혀 아니에요, 선생님들, 전 혁명가가 아닙니다! 당신들은 제가 말을 끝내게 내버려 두질 않는군요. 제 말은…… 다들 마음속에서…… 반항하지 않는다는 거예요. 제가 불만을 품는 건 분배의 문제가 아니에요. 우리 자신에게 불만이 있어요. 관습에 불만을 품는 거라고요."

소란이 일었다. "결국, 선생, 당신은 자기 일을 하며 살아가는 사람들을 질책하는 거군요. 한편으로 당신은 그들이 다르게 살아갈 수 있음을 부정하는 거예요. 그리고 그렇게 살아가는 걸 행복해하는 그들을 질책하는 거고요. 어쨌든 그들이 그렇게 사는 게 좋다는데도 말입니다. 그런데…… 그런데 결국 이봐요, 당신은 도대체 뭘 원하는 겁니까?"

나는 땀에 흠뻑 젖은 채 완전히 넋이 빠져 버렸다. 나는 필사적으로 대답했다.

"제가 원하는 거요? 선생님들, 제가 원하는 것은요, 제가 개인적으로 원하는 것은, 『팔뤼드』를 마저 쓰는 겁니다."

그 순간 니코뎀이 무리에서 튀어나오더니 내 손을 잡고는 소리쳤다.

"아! 선생, 당신은 정말 잘할 겁니다!" 그 순간 나머지 사람들은 모두 등을 돌렸다.

"당신이 어떻게 알지요?"

"몰라요. 어쨌든 친구 위베르한테 많이 들었어요."

"아! 위베르가 얘기했군요."

"맞아요, 선생. 낚시하는 사람 얘긴데, 낚싯줄에 미끼를 매다는 대신, 자기가 먹을 만한 아주 튼실한 벌레를 진흙 속에서 찾는 사람의 이야기라고요. 물론 그는 한 마리도 잡지 못한다고…… 당연하죠. 제 생각엔 아주 재미난 이야기 같군요!"

위베르는 아무것도 이해하지 못했다. 모든 것을 다시 시작해야만 한다. 또다시. 아! 힘이 쭉 빠진다! 그들에게 이해시키고 싶었던 바로 그것을 설명해야 한다니! 다시 시작해야만 한다니! 매번! 다들 뭐가 뭔지 모른다. 어리둥절해한다. 더는 못 하겠다. 아! 이미 얘기를 해 줬건만…….

그래서 앙젤의 집이 내 집인 양, 나는 앙젤에게 다가가며 시계를 꺼내 보고는 아주 큰 소리로 말했다. "그건 그렇고, 앙젤, 시간이 엄청나게 늦었어요!"

그러자 다들 동시에 주머니에서 시계를 꺼내며 호들갑을 피웠다. "벌써 시간이 이리 되었네!"

뤼시앵만이 예의를 차려 넌지시 말했다. "지난 금요일에는 훨씬 더 늦었는데!" 하지만 아무도 그의 얘기에 신경 쓰지 않았다. (나는 그에게 슬그머니 말했다. "당신 시계가 늦게 가나 보네요.") 다들 외투를 찾느라 서둘렀다. 앙젤은 그들과 악수하고, 여전히 미소 띤 얼굴로 마지막 남은 브리오슈를 건넸다. 그런 다음엔 계단 난간으로 몸을 숙여 사람들이 내려가는 모습을 살폈다. 푹신한 의자에 주저앉아 앙젤을 기다리고 있자니 곧 그녀가 돌아왔다.

"정말이지 악몽 같은 모임이었어요!" 내가 말을 꺼냈다. "오! 문인들이란! 글 쓰는 인간들이란, 앙젤! 모두 참을 수가 없어요!"

"하지만 다른 때는 그런 얘기를 하지 않았잖아요."

"그건 앙젤, 당신 집에서 그들을 만난 적이 없었으니까요. 게다가, 그들이 여기 있었다는 것 자체가 끔찍한 일이에요! 앙젤, 한번에 그렇게 많은 사람을 초대하진 않았잖아요!"

"전부 내가 초대한 건 아니에요. 다들 몇몇을 더 데려온 거죠."

"사람들 속에서 당신이 너무 당황스러워 보였어요. 로르에게 올라와 달라고 하지 그랬어요. 서로 도와주면 좋았을 텐데."

"내 생각에는, 그건 당신이 너무 흥분해서 그랬던 것 같은데요. 당신은 의자를 몽땅 집어삼킬 것만 같았다고요."

"앙젤, 그러지 않으면 다들 정말 지겨워할 것 같아서 그랬어요. 이곳 거실이 정말 숨 막혔거든요! 다음번에는 초대장이 있는 사람만 들여보내요. 당신의 작은 선풍기가 감당할 수 있는 정도만 맞춰 달라고 요구하는 것뿐이에요! 무엇보다 제대로 움직이지 않고 그저 돌기만 하는 선풍기만큼 나를 짜증 나게 하는 건 없어요. 이젠 당신도 알게 될 거예요! 더구나 그건 돌아갈 때 고약한 소리를 내죠! 이야기를 멈출 때마다 커튼 아래에서 그 소리가 들렸어요. 그러니 모두 '이게 뭐지?' 하고 혼잣말을 하더군요. 내가 차마 '앙젤의 선풍기 소리예요.'라고 말할 수 없었다는 건 이해하겠죠? 자, 이제 소리를 들어 봐요. 얼마나 삐걱거리는지. 오! 참을 수 없군요. 앙젤, 제발 좀 꺼 줘요."

"하지만 그걸 멈출 수가 없어요."

"아! 그것도 못 멈춘다니." 나는 소리를 질렀다. "그러면 좀 더 큰 소리로 말해요. 뭐예요! 당신 울어요?"

"설마요." 매우 상기된 표정으로 그녀가 말했다.

"어쩔 수 없죠!" 날카롭고 불쾌한 그 작은 소리를 덮기 위해 나는 한껏 고양되어 울부짖듯 말했다. "앙젤! 앙젤! 이제 시간이 되었군요! 지긋지긋한 이곳을 떠납시다! 아름다운 친구여, 바닷가에서 불현듯 거친 바닷바람 소리를 듣게 되겠죠?

당신 곁에서라면 자잘한 것 말고는 아무 생각도 안 나겠지만, 그 바람이 때로 생각들을 불러일으키겠죠. 안녕히! 난 걸어야겠어요. 이제 내일 하루 남았네요. 생각해 봐요! 곧 여행이에요. 그러니까 여행을 생각해요. 앙젤, 생각해 봐요!"

"그럼, 안녕히. 어서 가서 자도록 해요. 잘 가요."

그녀를 두고 나왔다. 거의 뛰다시피 집으로 돌아왔다. 옷을 벗고 누웠다. 잠을 자기 위해서는 아니었다. 사람들이 커피 마시는 모습을 보고 있으면 가만 있기가 힘들다. 게다가 나는 괴로웠고, 그래서 스스로에게 물었다. "그들을 설득하기 위해 할 수 있는 일을 제대로 했던 걸까? 마르탱에게 맞설 더 강력한 논지를 찾았어야 했는데…… 그리고 귀스타브! 아! 발랑탱은 미치광이들만 좋아한다니! 나더러 '이성적인 사람'이라고 했는데 그게 가능한 얘기인지! 온종일 엉뚱한 짓 말고 한 게 없는 나한테 말이야. 그게 서로 같은 말이 아니라는 건 잘 알지만…… 내 생각아, 왜 너는 거기 멈춰 서서 얼빠진 올빼미처럼 나를 꼼짝 못 하게 하는 거니? 혁명주의자라니, 어쩌면 반대 진영의 혐오에 시달려서 결국 나도 그런 사람이 될지도. 비참해지고 싶지 않기에 오히려 비참하다고 느끼는 것처럼! 도무지 이해시킬 수가 없어…… 그럼에도 내가 그들에게 했던 말은 사실이다. 내가 그 때문에 이토록 고통스러우니…… 그것 때문에 고통스러운가? 맹세코! 어떤 땐 내가 뭘 원하는지도, 누굴 원망하는지도 이해 못 할 때가 있어. 그러면 마치 스스로 만들어 낸 유령들과 싸우는 것만 같다. 그리고 나는…… 제기랄! 젠장! 거기에 정말로 나를 짓누르는 무언가가 있다. 그리고 타인의 생각은 그 실체보다 훨씬 무기력하다. 어떤 생각에 미치는 순간, 그 생각은 우리를 벌하는 것 같다. 생각은 우리의 무릎에 올라앉아 피를 빨아먹고 우리를 짓눌러 힘을 빼앗아 가는 밤의 흡혈귀 같다…… 이런 생각을 다른 이들에게 더 명확히 전달하기 위해 그와 유사한 무언가를 찾기 시작한 지금, 나는 성찰을 멈출 수 없다. 우스꽝스러운 메타포가 만들어지고, 그 메타포를 묘사하다 보면 조금씩 조금씩, 다른 이들을 향해 질책했던 모든 질병이 내게 찾아드는 느낌이다. 그리고 그들에게 줄 수 없었던 고통은 고스란히 내게 새겨진다. 이제 내가 지닌 감정이 내 질병을 더 악화시키고, 급기야 다른 이들은 어쩌면 병들지 않은 것 같다는 생각이 든다. 어쨌든 그들이 고통받지 않고 있음이 옳다면, 그들이 고통받지 않는 것에 대해 질책하는 것은 옳지 못하다. 어쨌든 나는 그들처럼 살아가고, 그래서 고통받으며 살아간다…… 아! 내 머리는 절망에 빠져 버렸다! 나는 불안을 원하고, 스스로에게 고통을 주고, 오직 나에 대해 걱정한다…… 그래! 문장이 생각났어! 메모해야겠다." 베개 밑에서 종이 한 장을 꺼낸 다음, 촛불을 다시 밝히고 짧게 단어 몇 개를 적었다.

"자신의 불안에 몰두할 것."

촛불을 불어 껐다.

"……아! 아! 잠들기 전에 더 알아보고 싶은 게 하나 있는데……. 사람들은 작은 생각에 집착한다. 그 생각을 조용히 내버려 둘 수도 있을텐데…… 아니! ……뭐지? ……아무것도 아니야, 내가 떠든 거잖아…… 그 생각을 조용히 내버려 둘 수도 있을 거라는 얘기를 하던 중이었지…… 아니! ……뭐라고? ……아! 자야 하는데…… 아니, 작은 생각이 커지도록 더 생각하고 싶다. 커지는 생각을 제대로 따라갈 수가 없다. 이제 생각은 거대해진다. 생각이 나를 사로잡는다. 살겠다고. 그래, 나는 생각을 존재하게 하는 수단이다. 생각은 묵직하다. 생각을 소개해야 한다. 세상에 생각을 재현해야 한다. 생각은 세상을 돌아다니고 싶어서 나를 사로잡는 것이다. 신이 그러하듯이 생각은 묵직하게 짓누른다…… 불행이여! 한 문장 더!" 종이 한 장을 더 꺼냈다. 또 촛불을 켜고 이렇게 적었다.

"생각은 커지고 나는 작아져야 한다."[13]

"「요한의 복음서」에 있는 문장이잖아…… 아! 한참 동안 이 생각을 했는데……." 나는 세 번째 종이를 꺼냈다…….

…………

무슨 말을 하고 싶었는지 더는 모르겠다…… 아! 어쩔 수 없지. 머리가 아프다…… 아니다, 생각은 사라져 버렸을지도, 사라졌다…… 그리고 목제 의족이 있었던 자리처럼 생각이 빠져나간 머리가 아프다. 목제 의족…… 생각은 이제 머릿속에 없다. 생각이 느껴진다, 생각…… 생각…… 단어를 반복하는 걸 보니 곧 잠이 들 모양이다. 한 번 더 반복해야지. 목제 의족, 목제 의족…… 의족…… 아! 촛불을 끄지 않았다…… 아니 껐다. 촛불을 껐던가? ……그래, 잠을 자고 있잖아. 그런데 위베르가 돌아왔을 때 촛불은 아직 꺼지지 않은 채였다. 하지만 앙젤은 꺼져 있었다고 말했다. ……나는 그녀에게 목제 의

13 「요한의 복음서」 3장 30절 참조.

족에 관해 얘기하고 있었다. 목제 의족이 이탄지에 처박혀 버리는 바람에 난 빨리 달릴 수 없었으리라고 그녀에게 얘기해 주었다. 여기 흙바닥은 발이 푹푹 빠진다고! 나는 그렇게 말했다…… 늪으로 된 길. 아니, 그렇지 않아! ……이런! 앙젤은 어디 있지? 좀 더 빨리 뛰기 시작한다. 이럴 수가! 우리 발이 축축 빠진다…… 보나 마나 빨리 달리기는 글렀다…… 배는 어디 있지? 나는 배 안에 있는 건가?…… 나는 깡충거리며 뛴다. 후유! 자, 아 지겨워……!

당신이 원한다면, 앙젤, 그때 우리 이 배를 타고 짧지만 즐거운 여행을 떠나요. 당신에게 그저 사초와 석송 — 작은 가래 풀들 — 말고는 아무것도 볼 게 없음을 깨닫게 해 줄게요. 그리고 내 주머니 속에도 아무것도 없어요. 물고기에게 줄 약간의 빵 부스러기 말고는…… 뭐지? 앙젤이 어디 갔지? …… 결국 찾았네요, 앙젤, 오늘 밤 당신은 왜 그렇게 희미한가요? ……완전히 사라져 가네요. 나의 앙젤! 앙젤! 앙젤! 들려요? 이봐요, 들리세요? 앙젤! ……이제 내가 강가에서 가져올 식물학적 수련 가지(나는 오늘날 평가하기에 몹시 어려운 단어를 사용한다.) 말고는 당신밖에 남지 않겠지요. 그런데 가지가 진짜 벨벳으로 만들어졌나 봐요! 완전 양탄자 같네요. 부드러운 장판이에요! ……한데 왜 그 위에 앉는 걸까요? 양손으로는 의자 다리를 쥐고. 어쨌든 가구들 밑에서 빠져나갈 방법을 찾아야만 해요! 우리는 그분을 맞이해야 해요…… 게다가 이곳은 숨이 막혀요! ……자, 그런데 여기 위베르의 초상화가 있네요. 꽃으로 장식되어 있어요…… 문을 열어요. 너무 더워요. 다른 방이 내가 찾아 헤매던 방이랑 더 비슷해 보이네요. 위베르의 초상화가 있는 것만 달라요. 난 다른 그림이 더 좋

앉는데, 위베르의 초상화는 선풍기 같아요. 진짜로! 선풍기를 쏙 빼닮았잖아요. 그는 왜 웃는 거지? ……같이 가요. 와요, 나의…… 뭐지! 앙젤이 어디 갔지? 조금 전까지 그녀를 팔로 아주 꽉 잡고 있었는데. 가방을 싸려고 복도를 달리고 있을 거야. 열차 시간표를 두고 왔을 수도 있고…… 어쨌든 너무 빨리 뛰지 말아요. 당신을 따라갈 수가 없잖아요. 아! 이럴 수가! 또 문이 닫혀 있다…… 다행히 문은 아주 쉽게 열린다. 나는 붙잡히지 않도록 문을 '쾅' 하고 닫는다. 그분은 앙젤의 거실을 다 뒤지며 나를 찾겠지…… 사람들이다! 사람들이야! 문학 하는 사람들이 왔다…… 쾅! 또 문이 닫히네. 쾅! 오! 복도에서 도무지 빠져나갈 수가 없다! 쾅! 계속 문이 나온다! 내가 어디 있는지 이젠 도무지 모르겠다…… 나는 지금 정말 빨리 달린다! ……맙소사! 여기엔 문이라고는 하나도 없다. 위베르의 초상화가 삐뚜름하게 걸려 있다. 초상화는 떨어질 거야. 위베르가 비웃고 있는 것만 같다…… 이 방은 정말 너무 좁다. 심지어 그 단어를 사용해야겠다. 옹색하다. 그 방에 다 같이 있을 수는 없다. 그들이 올 텐데…… 숨이 막힌다! 아! 창문 쪽으로 빠져나간 다음에 창문을 다시 닫아야지. 낙심한 채, 거리로 난 테라스까지 쓸쓸하게 퍼덕거리며 가야지. 아니! 여긴 복도잖아! 아! 그들이 왔다. 제기랄, 젠장! 나는 미쳐 간다…… 숨 막혀!

나는 땀에 젖은 채 잠에서 깼다. 팽팽한 이불이 마치 끈처럼 나를 졸라매고 있었다. 가슴 위에 자리한 팽팽한 이불이 엄청나게 무겁게 느껴졌다. 가까스로 이불을 걷어 냈다. 그러고는 단숨에 이불을 내던져 버렸다. 방의 공기가 나를 둘러싸고 있었다. 호흡을 가다듬었다. 서늘함. 이른 아침. 희미한 유리

창······ 이 모든 것을 메모해야 한다. 어항. 그것이 방의 나머지 부분에 휩쓸린다. 그 순간 몸이 부르르 떨렸다. 감기에 걸린 것 같다. 감기에 걸렸음이 분명하다고 생각했다. 그래서 벌벌 떨며 일어나서 이불을 다시 가지러 갔다. 침대로 이불을 가져와서는, 잠을 자기 위해 이불깃을 침대 가장자리에 살며시 도로 집어넣었다.

위베르 혹은
오리 사냥

금요일

일어나자마자, 수첩에 적힌 것을 읽었다. 6시에 일어나 볼 것.

8시였다. 펜을 잡았다. 쓰여 있던 것을 지우고, 그 대신 이렇게 썼다. 11시에 일어날 것. 그러고서 다른 항목은 읽지도 않은 채 다시 누웠다.

끔찍한 밤을 보낸 뒤, 몸이 편치 않았기에 변화를 주고자 우유 대신 차를 조금 마셨다. 게다가 하인이 침대로 가져다주었기에 그 자리에서 마셨다. 수첩에 쓰기가 성가시게 느껴져서 말 그대로 낱장에 적었다.

"오늘 저녁, 에비앙 생수를 한 병 살 것." 그런 다음, 종이를 핀으로 벽에 고정했다.

에비앙을 마시려면 집에 있어야 한다. 앙젤과의 저녁 식사 자리에는 가지 않을 것이다. 위베르는 가겠지. 어쩌면 내가 그들을 불편하게 할지도 모른다. 하지만 내가 정말로 그들을 불편하게 하는지 알아보기 위해서라도 저녁을 먹자마자 바로 만나러 가야겠다.

나는 펜을 잡고 썼다.

"친애하는 앙젤, 두통이 있어요. 저녁 식사는 함께할 수 없겠어요. 하지만 위베르는 가겠지요. 난 당신들을 방해하고 싶지 않아요. 어쨌든 집에서 저녁을 먹고 곧바로 갈게요. 당신들한테 들려줄 아주 야릇한 악몽을 꾸었어요."

편지를 봉투에 넣고, 다른 종이를 집어서 아주 천천히 써 내려갔다.

물가에 있던 티튀루스는 쓸 만한 풀을 캐러 간다. 보리지, 효과 좋은 양아욱, 아주 쓴맛이 나는 수레국화를 구한다. 약초 한 다발을 가지고 돌아온다. 풀의 효능을 알아보기 위해 그는 치료할 사람들을 찾는다. 못 주변에는 아무도 없다. 그는 못마땅하다. 그래서 열병 환자들과 일꾼들이 있는 염전 쪽으로 간다. 그들에게 가서 이야기하고, 설득하고, 그들의 병을 알려 준다. 그런데 누군가 자신은 아프지 않다고 말한다. 티튀루스에게 약초를 받은 다른 이는 그것을 화분에 심고 자라는 것을 지켜볼 작정이다. 하지만 또 다른 이는 자신이 열이 있음을 잘 알고, 약초가 건강에 유용할 것이라 믿는다.

그런데 결국 그 누구도 병이 낫기를 원하지 않고 약초의 꽃도 시들어 버렸기에, 티튀루스는 어쨌든 자신이라도 치료할 수 있도록 스스로 열병에 걸린다.

10시에 벨이 울렸다. 알시드였다. "침대에 있다니! 어디 아픈가?"

"아니. 안녕, 친구. 나는 11시가 되어야 일어날 수 있어. 그렇게 결정해 버려서. 그런데 무슨 일이야?"

"인사하러 왔어. 네가 여행을 떠난다고들 그러던데……

오랫동안 떠나 있는 거야?"

"아주아주 오래는 아니야…… 내가 가진 돈이 얼마나 되는
지 너도 알잖아…… 어쨌든 중요한 건 떠나는 거니까. 뭐라고?
너보고 돌아가라는 얘기는 아니야. 그런데 가기 전에 쓸 것이
많긴 해…… 아무튼 이렇게 와 주다니 정말 친절하군. 잘 가."

그는 가 버렸다.

나는 새 종이 한 장을 집어 이렇게 썼다.

Tityre semper recubans.[14]

그러고서 정오까지 다시 잤다.

메모해야 할 법한 재미있는 일이 하나 있다. 중대한 결정,
말하자면 삶에 커다란 변화를 가져올 결심이 일상에 주어진
자잘한 의무와 작업을 얼마나 무의미하게 만드는지에 관한
내용이다. 그런 일들을 악마에게 보내 버릴 힘이 생길 정도로
말이다.

가령 그런 중대한 결심을 하지 않았다면, 갑자기 찾아와
서 나를 성가시게 한 알시드에게 무례하게 굴 용기는 엄두도
못 냈을 것이다. 더구나 우연히 수첩에서 이런 메모를 보기도
한참이었다.

"10시. 마글루아르한테 가서 왜 내가 그를 그토록 어리석
다고 여기는지 설명할 것." 그곳에 있지 않으면서도 즐기는
능력이 생겼다.

수첩이 제법 쓸모 있다고 생각했다. 왜냐하면 만약 오늘

---

14 '티튀루스는 여전히 누워 있다.'라는 뜻의 라틴어.

아침 해야 할 일을 확인하지 않았더라면 난 그 일을 모른 채 지나쳐 버렸을 테고, 하지 않은 일을 가지고 즐길 수야 없지 않은가. 내가 예기치 못한 부정적인 일이라는 멋진 이름을 붙인 것의 매력은 늘 그런 데 있다. 나는 이 일을 정말 좋아하고, 특별한 뭔가를 준비할 필요도 거의 없어서 매일매일 써먹는다.

저녁 식사를 마친 뒤 앙젤의 집에 갔다. 그녀는 피아노 앞에 앉아 있었다. 위베르가 「로엔그린」[15]의 유명한 이중창 곡을 연주하고 있었다. 내가 그 노래를 끊을 수 있어서 기뻤다.

"앙젤." 들어가면서 내가 말했다. "가방은 가져오지 않았어요. 당신의 다정한 제안에 따라 당신과 함께 이른 아침의 출발을 기다리며 여기에서 밤을 보낼 거예요. 그래도 되겠죠? 오래전에 내가 여기에 이런저런 물건들을 둔 것 같아요. 당신이 내 방에 두게 될지도 모를 물건들이죠. 투박한 신발, 스웨터, 허리띠, 챙 없는 방수 모자 같은 거요…… 우린 필요한 걸 모두 찾을 거예요. 집에는 다시 가지 않겠어요. 마지막 밤에, 우리는 모든 것을 다 쏟아부어야만 해요. 내일의 출발에 대해 생각해야 해요. 마지막 밤을 준비하는 것 말고 다른 일을 해서는 안 돼요. 마지막 밤에 동기를 부여하고, 그것을 이끌고, 모든 면에서 바람직한 밤을 만들어야만 해요. 위베르가 예전의 모험 이야기로 우리 마음을 사로잡아 줄 거예요."

"시간이 없는데." 위베르가 대꾸했다. "이미 늦은 시간이고, 사무실 문을 닫기 전에 서류 몇 장을 수정해야 해서 보험 회사에 가야 해요. 그리고 난 이야기할 줄 몰라요. 이야기라고 해 봐야 전부 사냥에 대한 추억뿐이고요. 유대 지방 여행 얘기

---

15   독일 작곡가 리하르트 바그너가 직접 대본을 쓰고 작곡한 오페라.

가 떠오르는데 끔찍한 이야기라 앙젤이 어떻게 생각할지 모르겠어요."

"오! 이야기해 줘요. 부탁해요."

"듣고 싶다면, 시작해 볼게요.

볼보스와 함께였어요. 당신들 둘은 모르는 친구예요. 어린 시절 절친한 친구였죠. 그가 누구인지 고민할 것 없어요, 앙젤. 그는 죽었으니까요. 내가 하려는 얘기가 바로 그의 죽음에 대한 거예요.

그도 나처럼 멋진 사냥꾼이었어요. 정글에서 호랑이를 잡는 사냥꾼 말이에요. 그런데 허세가 좀 있었죠. 자기가 사냥한 호랑이의 가죽을 벗겨서 좋지 않은 냄새가 나는 외투를 만들고, 심지어 더운 날에도 그걸 걸쳤어요. 언제나 가슴은 활짝 열어젖힌 채로요. 그 마지막 밤에도 그 옷을 입고 있었어요. 그럴 수밖에 없었던 게, 그날은 거의 아무것도 보이지 않는 데다 매서운 추위가 더 심해졌거든요. 알다시피 그 지방 기후가 밤에는 추워요. 그리고 표범 사냥은 밤에 하고요. 그네를 이용해서 표범을 잡는데, 이게 정말 재미나기까지 해요. 사냥꾼들은 에돔산맥에서 특정 시간대에 표범이 지나가는 바위 협곡을 알고 있었어요. 표범만큼 규칙적인 습관을 지닌 동물은 없을 거예요. 바로 그런 이유로 표범 사냥이 가능하지요. 표범은 위에서부터 아래로 죽여야 해요. 해부학적인 이유지요. 그래서 그네가 필요한데, 표범을 놓쳤을 때 비로소 그네를 이용한 사냥의 이점을 실제로 모두 보여 줄 수 있죠. 사실 방아쇠를 당기는 순간 일어나는 반동이 그네를 움직이는 아주 강력한 추진력이 돼요. 그러니 이런 사냥을 위한 그네는 아주 가벼운 것을 고르기 마련이죠. 그네는 곧바로 날아가서 왔다 갔다 하고, 화가 난 표범은 뛰어오르지만, 그네까지는 미치지 못하죠. 만약 움직이지 않고 있었다면, 분명 표범은 그 위로 뛰어올랐을 거예요. 방금 뛰어올랐을 거라고 했나요? ……녀석은 뛰어올랐어요! 그랬어요. 앙젤!

……골짜기 한쪽 끝과 반대편 끝에 그네들이 매달려 있었어요. 우리는 각자 그네를 하나씩 차지했죠. 늦은 시간이었어요. 우리는 기다렸어요. 표범은 밤 12시에서 1시 사이에 우리 아래쪽을 지나갈 거였고요. 그때만 해도 난 아직 젊었고, 겁이 좀 있긴 했지만 그만큼 경솔하기도 했어요. 성질이 급했다고 해 두죠. 나보다 나이가 많은 볼보스는 더 현명했고요. 그는 이런 사냥에 대해 잘 아는 데다 나와 돈독한 우정을 나누고 있던 터라, 표범을 먼저 볼 수 있을 만한 좋은 자리를 내게 양보했어요."

"시를 쓰듯 얘기하고 있는데, 그래 봐야 아무 의미가 없잖아. 그냥 평소대로 얘기해." 내가 그에게 말했다.

그는 내 말을 이해하지 못한 채 이야기를 이어 갔다.

"자정이 되어 총을 장전했어요. 12시 15분에 둥근 달이 바위 협곡을 비췄어요."

"정말 멋졌겠어요!"

"조금 있으니 멀지 않은 곳에서 가볍게 스치는 소리가 들려왔는데, 야수들이 걸을 때 내는 아주 특이한 소리였죠. 12시 반에 몸을 길게 늘이며 기어서 앞으로 나아가는 녀석을 보았어요. 표범이었어요! 표범이 우리 아래쪽을 지나갈 때까지 좀 더 기다렸어요. 방아쇠를 당겼어요. 앙젤, 어떻게 표현하면 좋을까요? 갑자기 내가 그네와 함께 뒤로 내던져지는 느낌이었어요. 날아가는 줄만 알았죠. 순식간에 멀어졌어요. 난 의식을 잃었어요. 완전히 정신이 나가지는 않았지만요…… 그런데 볼보스는 총을 쏘지 않았어요! 그는 무엇을 기다리고 있었을까요? 그 점을 이해할 수 없었어요. 어쨌든 둘이 함께하는 사냥에서 그가 그리 신중하지 못했다는 생각이 들었어요. 생각해봐요, 앙젤. 사실 한 명이 총을 쏘면, 즉시 다른 한 명도 총을 쏴야 해요. 성질난 표범은 움직이지 않는 형체를 봤어요. 뛰어오를 시간도 있었고요. 그런데 표범이 덮친 건 바로 총을 쏘지 않은 사람이었어요. 지금 와서 생각해 보면, 볼보스는 쏘려고 했던 것 같아요. 총알이 나가지 않았을 뿐이죠. 그렇게 좋은 총이 총알을 발사하지 못하다니. 그 순간 그네는 뒤로 움직이기를 멈추더니, 이제 다시 앞으로 나아가기 시작했어요. 볼보스가 표범 아래 깔린 모습이 보였어요. 이제 마구 흔들리는 그네 위에 둘이 함께 있었어요. 정말 그 두 마리 짐승보다 더 민첩한 건 없었을 거예요.

어쩔 수 없었어요. 앙젤, 생각해 봐요! 이 참사를 그저 지켜볼 수밖에 없었어요. 그 둘은 그네 위에서 앞뒤로 오가기를 반복했죠. 계속 왔다 갔다 했어요. 볼보스도 왔다 갔다 하긴 마찬가지였지만, 그는 표범 밑에 깔려 있었죠. 하지만 나는 거기서 아무것도 할 수 없었어요! 총을 쏠 수 있었을까요? 불가능하죠. 어떻게 조준을 할 수 있었겠어요? 어쨌든 자리를 뜨고 싶었어요. 그네의 움직임에 지독하게 멀미가 났거든요."

"정말 엄청난 이야기네요!" 앙젤이 말했다.

"이제, 가 봐야겠어요, 친구들, 난 이제 갈게요. 바빠서요. 여행 잘 다녀와요. 잘 놀다 와요. 너무 늦게 돌아오지는 말고요. 일요일에 당신들을 보러 다시 올게요."

위베르가 나갔다.

묵직한 침묵이 흘렀다. 무언가 말을 꺼내야 했다면 난 이렇게 말했을 것이다. '위베르는 정말 이야기를 못하네요. 난 위베르가 유대 지방으로 여행을 갔었는지도 몰랐는데. 그 이야기가 사실일까요? 위베르가 말할 때 당신은 너무 터무니없이 감탄하던데요.' 그렇지만 아무 말도 하지 않았다. 나는 벽난로를, 램프의 불꽃을, 옆에 있는 앙젤과 — 우리는 불가에 있었다. — 테이블을, 방 안에 감도는 섬세한 옅은 빛을, 우리가 남겨 두고 떠나야 할 모든 것들을 바라보았다. 하인이 차를 가져다주었다. 11시가 넘은 시각이었다. 우리는 둘 다 졸고 있었던 것 같다.

자정을 알리는 소리가 울렸다.

"나도, 나도 사냥을 했어요⋯⋯." 내가 말을 꺼냈다.

뜻밖의 놀라움이 그녀를 깨운 모양이었다.

"당신이! 사냥을요! 뭘 사냥했어요?"

"오리요, 앙젤. 게다가 위베르와 함께였어요. 옛날 일이죠. 그런데 앙젤, 내가 사냥을 못 할 이유가 있나요? 맘에 안 드는 건 사냥이 아니라 총이에요. 난 폭발하는 물건을 혐오하거든요. 단언하건대, 당신은 나에 대해 잘못 생각하고 있어요. 나는 아주 활동적인 기질을 가졌어요. 다만 도구들을 거추장스러워 할 뿐이죠⋯⋯ 어쨌든 항상 최신 발명품에 능통한 위베르가 그해 겨울에 아메데를 통해 내게 공기총 하나를 마련해 줬던 거예요."

"오, 다 얘기해 봐요!"

"대형 전시장에서 볼 법한 멋진 소총은 아니었어요. 그런 건 아니었죠. 생각해 봐요. 게다가 난 그저 총을 빌렸던 것뿐이에요. 어마어마하게 비쌌으니까요. 집에 무기를 두는 것도 좋아하지 않고요. 작은 공기통으로 방아쇠를 조작하는 물건이었어요. 겨드랑이 아래로 지나가는 신축성 있는 튜브를 통해서요. 손에는 약간 낡은 화약통을 쥐었는데, 오래된 총이라서 그래야 했죠. 압력을 조금만 가해도, 고무로 된 화약통이 총알을 발사했어요…… 당신은 사용법을 잘 모르니 더 분명하게 설명하기가 어렵네요."

"그걸 보여 주면 좋을 텐데."

"앙젤, 이런 무기들은 아주 능숙한 기술을 가져야만 만질 수 있어요. 게다가 벌써 말했듯이, 난 총을 직접 보관하지 않고요. 그리고 화약통이 그 정도로 가득 차 있어도 단 하룻밤의 사냥이면 전부 써 버리죠. 막 그 얘기를 해 주려고 했어요. 안개가 낀 12월 밤이었죠.

위베르가 내게 물었죠. '가는 거지?'

'준비됐어.' 내가 대답했어요.

위베르는 자신의 공기총을 집어 들고, 나는 내 총을 들었지요. 그는 작은 피리와 장화를 챙겼어요. 우리는 니켈로 도금한 밑창도 챙겼죠. 그러고는 사냥꾼의 특별한 후각에 의지해서 어둠을 뚫고 앞으로 나아갔어요. 위베르는 사냥감이 많은 못 근처, 저녁부터 준비해 둔 토탄 불이 천천히 타고 있는 오두막으로 가는 길을 알고 있었어요. 그런데 우중충한 전나무들이 복잡하게 심긴 공원을 빠져나오니 밤은 오히려 더 밝아 보였어요. 둥그스름하게 부푼 달이 가벼운 안개 사이로 희미하게 드러났어요. 이따금 보았던 달과는 달라 보였어요. 언뜻언뜻 내비치다가 곧 사라지고, 이어서 구름 사이로 환히 비추었죠. 밤은 미동도 없었어요. 그렇다고 평화로운 밤도 아니었고요. 밤은 이미 말이 없었고, 아무 일도 없었고, 습했어요. 이렇게 말하면 이해할 수 있을 거예요. 아무런 의지가 없는 밤. 하늘은 단 한 가지 모습이었어요. 뒤집어서 보더라도 이상할 것 하나 없는 그런 모습 말이죠. 내가 이처럼 계속 얘기하는 건, 조용한 친구여, 그날 밤이 어떠한 점에서 평범했는지를 제대로 이해시키기 위해서예요.

노련한 사냥꾼들은 알죠, 이런 밤이 오리가 숨어 있기엔 아주 좋다는 걸 말이에요. 마른 갈대숲 사이로 반짝이는 광택 덕분에 물이 얼어붙었음을 짐작할 수 있는 수로로 다가갔어요. 우리는 신발에 밑창을 붙인 채 말 한마디 없이 걸어갔어요. 못으로 다가갈수록 질퍽한 물은 점점 얕아지고, 거품과 흙, 반쯤 녹은 눈이 뒤섞여서 앞으로 나아가기가 힘들었어요. 수로는 조금씩 좁아져 갔죠. 이제는 밑창이 걸리적거렸어요. 그래도 우리는 걸었어요. 오두막으로 들어가서, 위베르는 몸을 데웠어요. 하지만 난 짙은 연기 때문에 그 안에 오래 있을 수 없더라고요…… 이제부터 당신에게 끔찍한 이야기를 들려줄 거예요, 앙젤! 왜 그런지 들어 봐요. 위베르는 몸이 따뜻해지자마자 진흙투성이 물속으로 들어갔어요. 그는 방수가 되는 옷차림에 장화를 신고 있었죠. 그런데 앙젤, 위베르는 무릎 정도 깊이의 물속으로 들어간 게 아니었어요, 허리까지도 아니고요. 진흙탕 속으로 온몸을 다 집어넣었어요! 너무 오싹해하진 말아요. 일부러 그랬던 거니까요! 오리 떼보다 더 확실하게 몸을 숨기려고, 완전히 사라져 버리려고 그런 거예요. 너무했죠. 말해 봐요…… 그렇지 않나요? 나도 그렇게 생각했어요. 바로 그때부터 사냥감들이 떼로 몰려왔어요. 준비는 되어 있었죠. 난 밧줄로 묶은 작은 배 구석에 앉아서 오리가 다가오길 기다렸어요. 완벽하게 몸을 감추자, 위베르는 오리를 부르기 시작했어요. 오리를 부를 때 사용하는 피리 두 개를 이용했죠. 하나로는 부르고, 다른 것으로는 대답하고, 멀리 있는 오리가 소리를 들었고요. 어리석은 오리는 그 소리가 자기 무리의 소리라고 생각했어요. 그래서 그 소리에 답해 주려고 서둘러 다가오더군요. 앙젤, 위베르는 오리 소리를 정말 잘 냈어요. 우리 머리 위로 하늘은 세모 모양의 구름으로 어두워졌어요. 그리고 오리들이 우리 쪽으로 다가오자 날갯짓하는 소리역시 더 커졌죠. 오리들이 아주 가까이에 다가왔을 때, 난 방아쇠를 당기기 시작했어요.

곧바로 아주 많은 오리가 몰려왔어요. 솔직히 말하자면, 그냥 조준만 하면 될 정도였죠. 다시 총을 쏠 때마다 공기통을 조금 더 누르면 그만이었어요. 방아쇠를 당기는 일은 쉬웠으니까요. 발사되는 순간 불꽃이 터지는 소리 말고 다른 소리는 나지 않았어요. 아니, 그보다는 말라르메 선생의 시에서처럼 '팔므(Palmes)!'[16] 하는 소리만이 들렸죠. 그렇지만 그 소리조차 자주 들리지는 않았어요. 총에 귀를 대지 않아서, 오리한 마리가 떨어지는 것으로 총알이 나갔나 보다, 하고 짐작했을 정도였거든요. 소리가 들리지 않자 오리들은 오랫동안 움직이지 않았어요. 오리들은 진흙투성이 갈색 물 위에서 빙글빙글 돌다가 떨어졌고, 날개마저 제대로 접지 못한 채 경련을 일으키며 갈댓잎을 찢어 댔지요. 갈대밭에 몸을 숨길 수가 없으니 죽기 전에 가시덤불 속으로 피하려 했던 것 같아요. 물과 공기 중에 떠다니던 깃털들은 천천히 움직였고, 안개처럼 가벼워 보였어요…… 난 생각했어요. 언제 끝날까? 결국, 동

---

16 '종려나무' 혹은 '오리발'을 뜻하는 프랑스어.

틀 무렵, 마지막까지 살아남은 오리들만이 날아갔어요. 갑자기 큰 날갯짓 소리가 들렸는데, 마지막으로 죽어 가던 오리들은 그게 무슨 소리인지 이해했겠지요. 때마침 온통 나뭇잎과 진흙으로 뒤덮인 위베르가 되돌아왔어요. 우리는 평저선을 출발시켰어요. 엉망진창이 된 갈대 줄기 사이, 장대로 평저선을 밀어 가며, 해가 떠오르기 전 끔찍한 빛 속에서, 우리는 식량을 그러모았어요. 내가 마흔 마리 넘게 죽였답니다. 전부 다 늪의 냄새가 났어요. 뭐예요! 자는 거예요, 앙젤?"

기름이 떨어져 희미해진 램프 불빛은 처량하게 타들어 갔고, 유리창은 여명으로 씻기고 있었다. 기어코 하늘에 비축해 둔 일말의 희망이 바들바들 떨면서 내려오는 모양이었다. 아! 마침내 우리에게까지 천상의 이슬이 내리는구나. 우리가 아주 오랫동안 졸고 있던 이 닫힌 방 안으로도, 마침내 유리창을 뚫고, 빗속을 뚫고 새벽빛이 나타난다. 그리고 그 빛은 오랫동안 자리해 있던 어둠을 뚫고 날것의 흰빛을 우리에게까지 조금 건네준다…….

앙젤은 반쯤 졸고 있었다. 말소리가 더 이상 들리지 않자 그녀는 천천히 깨어나더니 중얼거렸다.

"이 이야기를 넣어야 해요…….'

"아! 동정심으로 이야기를 마무리하면 안 돼요, 친애하는 앙젤. 그리고 이 얘기를 『팔뤼드』에 넣어야만 한다고 말하지 말아요. 우선 이 이야기는 이미 들어갔고요, 게다가 당신은 이 야기를 듣지도 않았잖아요. 그래도 난 당신을 원망하지 않아요. 안 하고말고요. 부탁이에요, 내가 당신을 원망한다고 생각하지 말아 줘요. 더군다나 난 오늘 기쁨을 만끽하고 싶거든요. 새벽이 왔어요. 앙젤! 봐요! 도시의 회색 지붕들을, 교외를 비추는 흰빛들을 봐요. 이건 마치…… 아! 이 잿빛 우울함은, 부서진 밤은 어디서 온 걸까요? 쓰디쓴 재여, 아! 기분 탓일까, 당신의 순진한 생각일까? 예기치 못하게 슬그머니 끼어든 새벽일까요? 새벽이 우리를 자유롭게 해 줄까요? 아침 햇살이 환히 빛나는 창문…… 아니…… 창문을 희미하게 하는 아침 햇살…… 앙젤…… 닦아야 했는데…… 닦아야 했는데…….

우리는 떠나리라! 새들이 흥에 취했으니![17]

앙젤! 말라르메 선생의 시예요! 내 인용이 정말 부정확하지만요. 원래 시에서는 주어가 단수거든요. 하지만 당신도 떠나잖아요. 아! 앙젤, 당신을 데려가겠어요! 짐을 챙겨요! 서둘러요. 배낭을 가득 채워요! 그렇다고 너무 많은 것들을 넣진 말고요. '가방 속에 넣을 수 없는 것은 모두 참을 수 없는 것들이다!' 바레스 선생의 말이죠. 바레스는 당신도 알다시피, 국회 의원이에요, 앙젤! 아! 여긴 답답해요. 괜찮다면 창문 좀 열죠! 난 너무 흥분되거든요. 얼른 주방으로 가요. 우리가 어디서 저녁을 먹게 될지 결코 알 수 없는 곳으로 여행을 떠나는 만큼 달걀과 구운 소시지, 어제저녁에 남겨 둔 송아지 등심으로 속을 채운 빵 네 개를 가져가요."

앙젤이 멀어져 갔다. 나는 잠시 홀로 남아 있었다.

그런데 이 순간에 대해 무엇을 말할 수 있을까? 다가올 순간만큼이나 지금, 이 순간에 관해 이야기할 수 없는 이유는 무

---

17 스테판 말라르메의 시 「바다의 미풍」에서 인용한 문장이다. 원문은 "나는 떠난다."이며, 두 시구의 순서도 바꾸었다.

엇일까? 우리는 중요한 게 무엇인지 알고 있는 걸까? 선택의 교만함이여! 똑같이 되풀이되는 모든 것을 바라보자. 들뜬 출발 전에 나는 또다시 조용한 명상에 잠겼다. 바라보자! 바라보자! 나는 무엇을 보고 있나?

– 채소 장수 세 명이 지나간다.

– 벌써 버스 한 대가 지나간다.

– 수위가 문 앞을 비질한다.

– 가게 주인들이 진열대를 새로 손질한다.

– 요리사가 시장에 간다.

– 중학생들이 학교에 간다.

– 가판대에 신문이 배달된다. 신사들이 서둘러 신문을 산다.

– 카페에서 테이블을 내놓는다.

맙소사! 젠장, 앙젤은 지금까지 돌아오지 않았다. 다시금 나는 흐느낀다…… 짜증이 난다. 하나씩 열거할 때마다 그런 기분이 든다. 게다가 지금 나는 떨고 있다! 아! 나를 사랑하기 위해 창문을 닫자. 아침 공기가 나를 얼어붙게 했다. 삶. 타인들의 삶! 이것이 삶인가? 삶을 보는 것! 그렇지만 삶이란 바로 그런 것이겠지! ……삶에 대해 다른 어떤 말을 덧붙일 수 있겠는가? 탄성들. 이제 재채기가 나온다. 그래, 생각이 멈추자마자 관조가 시작된다. 감기에 걸린다. 그런데 서두르자는 앙젤의 목소리가 들린다.

앙젤 혹은
짧은 여행

토요일

　여행 중에는 시적인 순간들만을 메모할 것. 그 순간들은
내가 바라던 것의 특징을 고스란히 간직하고 있을 테니까.
　역으로 가는 차 안에서 나는 낭송했다.

폭포가의 어린 염소들
골짜기에 놓인 다리들
줄지어 늘어선 낙엽송……
낙엽송과 전나무
짙은 나무 향기가
우리를 따라오는 것 같구나.

　"오! 정말 멋진 시예요!" 앙젤이 말했다.
　"그렇게 생각해요? 앙젤. 그렇지 않아요. 전혀요. 맹세코.
그렇다고 나쁘다는 건 아니지만요. 나쁘지는 않아요…… 어
쨌든 공들인 시는 아니에요. 즉석에서 지어냈죠. 생각해 보면,
어쩌면 당신 말이 옳을지도 몰라요. 사실 이 시가 좋을지도요.

작가는 결코 자기 자신의 것에 대해 잘 알 수 없으니까요."

우리는 너무 빨리 역에 도착했다. 대기실에서 내내 기다려야 했다. 아! 정말 길었다. 그때 앙젤의 옆에 앉아서 그녀에게 상냥한 말을 건네야 할 것 같다는 생각이 들었다.

"친구, 내 친구여, 당신의 미소에는 내가 이해할 수 없는 감미로움이 있군요. 당신의 감수성 탓이겠죠?" 내가 말을 꺼냈다.

"난 모르겠는데요." 그녀가 대꾸했다.

"다정한 앙젤! 오늘만큼 당신을 찬미했던 적이 없네요."
이런 말도 했다.

"매력적인 친구여, 당신 생각의 조합은 참으로 섬세해요!"
그러고 나자 떠오르는 것이 더는 없었다.

길가에는 쥐방울덩굴[18]이 자라고 있었다.

3시쯤, 난데없이 가는 소나기가 내리기 시작했다.

"조금 내리다 그칠 거예요." 앙젤이 말했다.

"친애하는 앙젤, 하늘은 늘 짐작할 수 없는데 왜 작은 양산 하나만 가져왔나요?" 내가 물었다.

"이건 어떤 날씨에도 쓸 수 있어요." 그녀가 답했다.

그러나 비가 너무 많이 내리는 데다 젖는 것도 싫어서, 우리는 막 떠나온 사과 압착실의 지붕 밑으로 되돌아왔다.

소나무 위에서는 갈색으로 나란히 열을 지어 슬금슬금 내려오는 애벌레들이 보였고, 아래에서는 뚱뚱한 딱정벌레들이 한참을 기다렸다가 그 애벌레들을 잡아먹었다.

---

18 aristoloche. 이 단어의 어원은 '최고의 분만'으로, 과거에 출산을 돕는 데 사용했다. 아이러니하게도 이 풀은 화자와 앙젤 사이의 지지부진한 관계와 연결된다.

"딱정벌레는 못 봤는데!" 앙젤이 말했다. (내가 그녀에게 앞의 문장을 보여 주었기에 하는 소리다.)

"나도 못 봤어요. 앙젤, 애벌레도 못 봤고요. 게다가 지금은 철이 아니죠. 그러니 이 문장은 사실이 아니지만, 우리가 여행에서 받은 인상을 특별하게 해 주잖아요…….

무엇보다 이 짧은 여행을 못 가게 돼서 차라리 잘됐어요. 이러는 편이 당신에겐 더 도움이 되었겠죠."

"오! 왜 그런 말을 해요?" 앙젤이 물었다.

"앙젤, 그러니까 여행이 우리에게 전해 줄 기쁨을 생각해 봐요. 부차적인 기쁨일 뿐이에요. 다들 배우기 위해 여행을 하잖아요. 왜요! 당신 울고 있는 거예요, 앙젤?"

"전혀요." 그녀가 답했다.

"자! 하는 수 없죠. 어쨌든 당신 얼굴빛이 좋아 보이네요."

일요일

수첩에는 이렇게 적혀 있다.

10시 : 미사.
리샤르 방문.
5시쯤 위베르와 함께 가난에 시달리는 로세랑주 가족과 젊은 원예사 그라뷔를 만날 것.
내가 진지한 농담을 얼마나 잘하는지 앙젤에게 알려 주기.
『팔뤼드』를 끝내기 — 중대함.

9시였다. 다시 끔찍한 하루가 돌아왔고 나는 이날의 엄중함을 느꼈다. 그러고는 이렇게 적었다.

"사는 동안 나는 조금이라도 더 밝은 빛을 지향했던 것 같다. 아! 너무 좁은 방 안에서 활기를 잃어 가는 사람들을 바로 옆에서 참 많이도 보았지. 그곳에는 햇볕 한 줌 들어오지 않았고, 정오 무렵에야 겨우 빛바랜 커다란 판유리 위로 빛이 반사되었다. 골목길에서 사람들은 바람 한 점 없이, 열기로 숨 막

힐 듯한 시간을 보내고 있었다. 어디로 뻗어 나가야 할지 모르는 햇볕은 가옥의 벽들 사이로 힘없이 쓰러지며 생기 없는 빛으로 모여들었다. 벽을 보았던 이들은 드넓은 공간을 생각했고, 파도 거품 위를, 그리고 들판의 곡식 위를 비추는 햇빛을 상상했다……."

앙젤이 들어왔다.

"당신이군요, 앙젤!" 내가 큰 소리로 말했다.

"일하는 중인가요? 오늘 아침 당신은 슬퍼 보이네요. 그게 느껴졌어요. 그래서 왔어요."

"친애하는 앙젤! ……어쨌든 ……앉아요. 오늘 아침에 내가 왜 더 슬퍼 보였나요?"

"오! 당신 정말 슬프군요. 그렇죠? 어제 했던 말은 사실이 아니었군요…… 우리가 원했던 대로 여행을 가지 못했는데 즐거울 리가 없겠지요."

"다정한 앙젤! ……당신 말에 정말 감동했어요…… 그래요, 난 슬퍼요, 앙젤. 오늘 아침, 내 영혼은 정말 몹시 우울하네요."

"당신 영혼을 위로하러 온 거예요."

"우리가 다시 돌아와서 그래요, 앙젤! 이젠 모든 것이 더 슬프군요. 고백하자면, 난 여행을 무척 기대했어요. 여행이 내 재능에 새로운 방향을 제시해 줄 것만 같았거든요. 여행을 제안한 것은 당신이었죠. 사실이잖아요. 솔직히 난 그런 여행을 몇 해 전부터 생각했어요. 그런데 이제는 떠나 버렸으면 했던 모든 것들을, 여행에서 돌아오면 다시 찾게 될 모든 것들을 바라보는 것이 더 좋게 느껴지네요."

"아마도 우리는 아주 멀리 가지 못했겠죠. 바다를 보려면 애당초 이틀은 잡아야 했으니까요. 게다가 일요일 미사에 맞쳐 돌아오고 싶었을 테고요."

"우리는 우연히 일어날 일에 대해 충분히 생각하지 못했어요. 게다가, 앙젤, 우리가 어디까지 가야 했을까요? 다시 돌아와 버렸어요, 친애하는 앙젤! 이제 와서 여행에 대해 다시 생각해 보니, 우리 여행은 얼마나 슬펐던지요! '쥐방울덩굴'이라는 단어가 무엇인가를 표현해 주네요. 당신은 습기 찬 압착실에서 간단하게 때운 식사와 아무 말도 없이 떨고 있던 우리를 오랫동안 기억하겠죠. 여기 있어요. 오전 내내 여기에 있어 줘요. 아! 부탁해요. 조금 있으면 울음이 터질 것 같아요. 난 언제나 『팔뤼드』를 지니고 다니는 것 같아요. 『팔뤼드』 때문에 나만큼 짜증이 나는 사람은 없을 거예요."

"그걸 그만두면 어떨까요."

"앙젤! 앙젤, 이해를 못 하는군요! 여기서 그걸 내려놓으면, 저기서 그걸 알아보지요. 여기저기서 그것을 다시 찾아낸다고요. 다른 이들의 시선은 제게 그걸 강요하고요. 이번 여행도 『팔뤼드』에서 벗어나게 해 주지 못했을 거예요. 매일 어제 했던 일을 반복할 뿐, 우리는 우리의 우울함을 사그라들게 할 수 없어요…… 우리의 질병을 사그라들게 할 수 없죠. 오로지 우리 자신을 더 약하게 만들 따름이에요. 그렇게 매일 힘을 잃어버려요. 지긋지긋한 과거의 연장이라고요! 난 죽음이 두려워요, 앙젤. 되풀이할 것을 강요당하지 않는 한, 우리는 그 무엇도 시간 바깥에 놓을 수 없어요. 그래도 어떤 활동은 그 지속을 위해 우리를 필요로 하지 않을 수도 있지요. 하지만 우리가 했던 모든 일은, 우리가 그것을 더는 유지하지 않기로 결단하는 순간 그 무엇도 지속되지 않아요. 그럼에도 우리가 행한 모든 행동은 끔찍하게 남아 있고 영향력을 가져요. 우리를 짓누르는 것, 그것은 바로 그 행동들을 되풀이해야만 한다는 필연성이에요. 바로 거기에 더는 제대로 이해할 수 없는 무엇인가가 있어요. 잠시만 실례할게요……."

그러고서 종이 한 장을 끄집어 들고 적었다.

우리 행동이 진지한 것이 아니라면, 그것을 지속해야 한다.

나는 말을 이어 갔다. "어쨌든, 앙젤, 바로 그런 점이 우리 여행을 망치게 했다는 걸 이해해야 해요…… '그것이 있다'고 말하면서 그것 뒤에 둘 수 있는 것은 아무것도 없어요. 그래서 모든 것이 그 자리에 여전히 있는지를 보기 위해 우리는 되돌아왔어요. 아! 가련한 우리 삶이여, 그러니 우리는 다른 사람들에게 아무것도 강제하지 못하는 거예요! 떠다니는 부유물을 끌고 가는 것 말고는…… 아무것도! 그리고 앙젤! 우리의 관계는 참 덧없어요! 알고 있나요, 바로 그 때문에 우리 관계가 이토록 오래 이어져 있는 거예요."

"오! 말도 안 돼요. 당신은 잘못 생각하고 있어요."

"그렇지 않아요, 앙젤, 아니에요. 그런 게 아니에요. 어쨌든 그 어떤 결실도 볼 수 없다는, 이 떨치기 힘든 느낌을 당신에게 진심으로 확인시켜 주고 싶어요."

그러자 앙젤은 고개를 숙여 살며시 미소 짓더니 예의를 갖추어 말했다.

"오늘 밤 당신과 여기에 머물겠어요, 어때요?"

나는 소리를 질렀다. "오! 이것 봐요, 앙젤! 지금이 아니라면, 당장 말하지 않는다면, 당신에게 이런 것들에 대해 말할 수 없겠지요…… 게다가 당신도 별로 그럴 마음이 없다는 걸

인정해야 하고요. 내가 확신하건대, 당신은 예민해요. 이건 당신을 생각하면서 썼던 거예요. 이 문장을 기억해 줘요. '그녀는 쾌락을 마치 아주 강렬한 무엇인가로 여겼고, 쾌락이 자신을 죽일 수도 있다는 생각에 두려워했다.' 당신은 이것이 과장된 내용이라고 했죠. 아니에요, 앙젤, 아니라고요. 우리는 쾌락 때문에 불편할 수 있어요. 난 이 주제로 몇 줄의 시도 썼어요.

⋯⋯⋯⋯⋯⋯

우리는 그런 사람들이 아니에요,

친애하는 이여,

태어남으로 존재하는 사람의 아들은 아니에요.

(나머지 부분은 장엄하지만, 지금 인용하기에는 지나치게 길다.) 더구나 나 자신도 아주 강한 사람이 아니에요. 내가 이 시에서 표현하려고 했던 걸 당신은 이제부터 기억하게 될 거예요. (약간 과장된 시구니까.)

⋯⋯그런데 너, 가장 무기력한 존재여

너는 무엇을 할 수 있는가? 너는 무엇을 하고 싶은가?

네게 힘을 줄 수 있는 것이

바로 너의 열정인가,

아니면 집에 머물며

그렇게 세월을 보내는 깃인가?

내가 떠나고 싶어 했다는 걸 잘 알겠죠⋯⋯ 훨씬 더 우울한 투로 덧붙인 건 사실이에요. 차라리 '낙담한 투'라고 말해야겠죠.

네가 떠난다면, 아! 무엇을 조심해야 하지?
네가 머문다면, 나쁜 것이 더 나빠지겠지.
죽음은 너를 따라다니고, 죽음은 그곳에 있으니
아무 말도 없이 그곳으로 너를 데려가리라.

……다음이 당신과 관련 있는 부분이에요. 마무리 짓지는
못했지만요. 어쨌든 당신이 고집을 부린다면…… 차라리 바
르나베를 초대해요!"

"오! 오늘 아침 당신은 정말 잔인하군요." 앙젤이 말하고는
이렇게 덧붙였다. "그 사람한테서는 나쁜 냄새가 나는걸요."

"바로 그거예요, 앙젤, 강한 남자들은 모두 나쁜 냄새가
나요. 그래서 나의 젊은 친구 탕크레드는 이런 시구로 그 점을
표현해 보려 했죠.

정복한 장수들은 강렬한 향을 가졌으니!

(당신을 놀라게 하는 것이 무엇인지 나는 안다. 중간 휴지(休止)[19]
아닌가.) 어쨌든 당신은 안색이 밝군요! ……그래서 당신에게
확인시켜 주겠다고 고집을 부렸던 것뿐이에요. 아! 예민한 친
구여, 난 한 번 더 내가 진지한 농담을 얼마나 잘하는지 알려
주고 싶었어요…… 앙젤! 난 진절머리가 나요! 곧 울음이 터
질 것 같아요…… 그렇지만 먼저 당신에게 문장 몇 개를 읊게

---

19 시에서 강조된 음절 다음에 쉬는 부분.

해 줘요. 당신이 나보다 더 빨리 쓰니까요. 난 말하면서 걸어 다닐게요. 그렇게 하면 도움이 되거든요. 자, 연필과 종이예요. 아! 다정한 친구여! 당신 정말 잘 왔어요! 써 줘요, 서둘러서 써 줘요. 게다가 이건 우리의 초라한 여행에 관한 얘기예요."

"……곧바로 밖에 나가는 사람들이 있어요. 자연이 그들의 문을 두드려요. 자연은 거대한 벌판으로 열려 있어요. 사람들이 벌판으로 오자마자, 그들의 집은 잊히고 사라지지요. 잠 잘 곳이 필요한 저녁이 되어야 그들은 집을 다시 찾아요. 쉽게 집을 찾지요. 원한다면 그들은 종일 집을 비워 둔 채 아름다운 별을 바라보며 밖에서 잠들 수 있어요. 심지어 오랫동안 집을 잊을 수도 있겠지요. 이게 당연하게 여겨진다면, 그건 당신이 날 잘 이해하지 못했기 때문이에요. 이런 것들 때문에 당신은 더 놀라야 해요…… 우리 얘기로 돌아와서, 그렇게 자유롭게 사는 사람들이 부럽다면, 그건 우리가 매번 편안히 쉬기 위해 힘겹게 어떤 지붕을 쌓아 올렸기 때문일 거라고 난 확신해요. 그 지붕은 우리를 따라왔고, 그때부터 우리 머리 위에 자리 잡았지요. 지붕은 우리가 비를 피할 수 있게 해 주었지만, 사실 태양을 감추기도 해요. 우리는 지붕이 만드는 그늘 아래서 잠을 잤어요. 우리는 그 그늘 아래서 일했고, 춤을 췄고, 사랑을 나눴고, 그 그림자를 생각했어요. 가끔 새벽빛이 너무도 강렬할 때면, 아침에 도망칠 수 있으리라 생각했지요. 우리는 지붕을 잊고 싶었어요. 초가지붕 안으로 들어가는 도둑들처럼, 우리는 미끄러지듯 움직였어요. 침입이 아니라 탈출을 위해서요. 슬그머니, 그러고 나서 우리는 벌판으로 달렸어요. 그러자 지붕도 우리를 따라 뛰었지요. 미사에서 도망치려는 사람들을 쫓아 뛰어다니는 전설 속 종처럼 말이에요. 머리 위에서 느껴지는 무게감을 떨쳐 낼 수 없었어요. 우리는 애초에 지붕을 만들겠다고 이미 모든 자재를 싣고 돌아다녔어요. 그 자재의 무게를 모두 재 봤어요. 그 무게가 머리를 숙이게 했어요. 어깨를 구부러지게 했어요. 마치 바다 늙은이가 신드바드에게 올라타서 자신의 무게를 모두 지우려 했던 것처럼요. 처음에는 별로 신경 쓰이지 않지요. 그러다가 끔찍해져요. 무게라는 유일한 덕목으로 우리를 옭아매는 것 말이에요. 그 무게를 떨쳐 낼 수가 없어요. 우리가 떠올린 생각들을 모두 끝까지 이고 다녀야만 해요……."

"아!" 앙젤이 말했다. "불행해, 불행한 친구여. 왜 당신은 『팔뤼드』를 시작했나요? 그토록 많은 다른 주제들이, 더 시적인 것들이 있을 텐데."

"바로 그거예요, 앙젤! 써요! 쓰세요! (젠장! 결국 나는 오늘 진지해질 수 없는 걸까?)

더 위대하든 덜 위대하든, 당신의 시 한 편으로 당신이 무슨 얘기를 하고 싶어 하는지 전혀 이해할 수는 없어요. 아주 좁은 방 안에 있는 폐병 환자, 혹은 밝은 곳으로 다시 올라가기를 바라는 광부, 불길한 파도가 온 무게로 자신을 짓누른다고 생각하는 진주조개잡이가 느낄 법한 모든 불안! 맷돌을 돌리는 플라우투스 혹은 삼손, 바위를 밀어 올리는 시시포스의 고통, 노예로 사는 민족의 숨 막히는 고통. 이런 것들 그리고 다른 모든 고통까지, 나는 모두 겪었어요."

"너무 빨라요. 따라갈 수가 없어요." 앙젤이 말했다.

"그렇다면 어쩔 수 없죠! 이제 더 쓰지 말아요. 들어 봐요, 앙젤! 그냥 들어요, 내 영혼은 절망에 빠졌으니. 끔찍한 악몽 속에서처럼 난 이런 몸짓을 얼마나, 얼마나 되풀이했는지 몰라요.

악몽 속에서 침대의 캐노피가 떨어져 나를 덮치고 가슴을 짓누르는 상상도 했어요. 그러다가 잠에서 깨어나면, 반쯤 일어나 보이지도 않는 칸막이들을 다시 밀어 내리려고 두 팔을 벌렸지요. 내 옆에 바싹 붙어 불결한 입김을 풍기는 누군가를 떨쳐 내려는 듯이. 계속 다가오거나, 아니면 머리 위에서 짓누르며 미세하게 흔들리고 비틀거리는 벽을 두 팔을 쭉 뻗어 막아 보려 했어요. 이렇게도 했어요. 어깨를 감싼 아주 무거운 옷이나 외투를 벗어 던지려고 몸을 움직여도 봤지요. 조금이라도 숨 쉴 공기를 찾아 보려고, 질식할 것 같아서 창문을 열어 보려고 얼마나 움직여 봤던지요. 하지만 아무런 희망 없이 그 몸짓을 그만뒀어요. 왜냐면 창문은 한번에 열려 버렸으니까요…….”

“감기에 걸리진 않았어요?”

“……일단 창문이 열리자, 그 창문이 뜰 쪽으로 나 있음을 알았죠. 아니면 다른 궁륭형 방들 쪽으로 나 있었을지도요. 햇빛도 없고, 공기도 없는 처참한 뜰 쪽으로 말이에요. 그 뜰을 보고 비탄에 잠겨 온 힘을 다해 소리 질렀어요. 주여! 주여! 저희는 끔찍하게 갇혀 있어요! 그러자 내 목소리는 궁륭형 건물 전체를 울리며 내게 돌아왔죠. 앙젤! 앙젤! 이제 우리는 무엇을 해야 할까요? 한 번 더 우리를 짓누르는 수의(壽衣)를 걷어 내 볼까요? 아니면 겨우 숨만 쉴 수 있는 상황에 익숙해져야 할까요? 그런 식으로 우리 삶을 이 무덤 속에서 연명해 나가야 할까요?

우리는 단 한 번 살 뿐이에요. 앙젤, 사실을 말해 줘요. 우리가 두 번 살 수 있나요? 대체 어디서 당신은 그렇게 거대하고 충만한 감정을 얻었나요? 누가 당신에게 그것이 가능하다고 말해 줬나요? 위베르인가요? 그는 분주하게 돌아다니니까

113

한 번 더 살 수 있는 건가요?

앙젤! 앙젤! 지금 내가 얼마나 슬피 우는지 봐요! 내 고뇌를 조금이라도 이해할 수 있겠어요? 결국, 당신의 미소에 내가 쓴맛을 조금 넣은 셈인가요? 아! 뭐예요! 당신 지금 울고 있네요. 좋아요! 이제 행복해요! 행동할게요! 『팔뤼드』를 마무리하러 가겠어요!"

앙젤은 울고 또 울었고, 그녀의 긴 머리칼은 헝클어졌다.

바로 그때 위베르가 들어왔다. 난장판이 된 꼴을 보더니, 그는 "미안! 내가 방해했군." 하며 다시 나가겠다는 듯 말했다.

그의 배려에 감동해서 큰 소리로 만류했다.

"들어와! 들어와, 친애하는 위베르! 방해될 것 하나도 없어!" 그러고는 우울하게 덧붙였다. "그렇죠, 앙젤?"

"별일 아니에요. 우리는 얘기하고 있었어요."

"그냥 지나가다 들렀어." 위베르가 말했다. "몇 가지 할 얘기도 있고. 이틀 뒤에 비스크라에 가. 롤랑을 설득해서 함께 가지."

갑자기 나는 화가 치밀었다.

"건방진 위베르, 롤랑이 거기 가도록 결심하게 한 건 바로 나야, 바로 나라고. 나는 똑똑히 기억하고 있어. 아벨의 집에서 나올 때 내가 그에게 여행을 가야 할 것 같다고 말했어."

위베르는 웃음을 터뜨렸다.

"네가? 이 가련한 친구야, 몽모랑시[20]까지 가는 일조차 힘겨워했던 걸 조금이라도 생각해 봐! 어떻게 그렇게 주장할 수

---

20 파리에서 북쪽으로 15킬로미터 정도 떨어져 있는 작은 도시이며 앙젤과 함께 여행하려고 예정했던 곳이다.

있지? ……네가 먼저 말을 꺼냈다는 것이 사실일지도 모르지. 하지만 다른 사람들로 하여금 그런 생각을 하게 하는 것에 무슨 의미가 있지? ……그런 거로 사람들을 행동하게 만들 수 있다고 생각하는 거야? 그리고 이 자리에서 내가 솔직하게 말해도 될까? 이상하게도 너에겐 추진력이 없어…… 그저 네가 가진 것을 다른 이들에게 줄 뿐이지. 그건 그렇고, 우리와 같이 갈래? ……아니라고? 좋아! 뭐라고? ……그럼, 앙젤, 안녕히. 당신을 만나러 다시 들를게요."

그가 나갔다.

"봤죠, 친절한 앙젤. 난 당신 곁에 머물겠어요…… 하지만 사랑 때문에 그런다고 생각하지는 말아요……."

"오, 그럼요! 나도 알아요……."

"그런데, 앙젤, 봐요!" 나는 약간의 희망을 품고 외쳤다. "11시가 다 되었어요! 오! 미사 시간이 지나 버렸어요!"

그러자 한숨을 쉬며 그녀가 말했다.

"그럼 4시 미사에 가요."

그래서 모든 것이 또다시 원점으로 돌아오고 말았다.

앙젤은 이만 가야 했다.

우연히 수첩에서 가난한 가족을 방문해야 한다는 메모를 보고, 황급히 우체국으로 달려가서 위베르에게 전보를 쳤다.

"오! 위베르! 그리고 가난한 가족이여!"

그런 뒤 다시 돌아와서 『사순절 설교집』을 다시 읽으며 답장을 기다렸다.

2시에 전보를 받았다. 이렇게 쓰여 있었다. "젠장, 편지로 얘기할게."

그러자 슬픔이 더욱 깊숙이 파고들었다.

나는 울먹였다. 만일 위베르가 가 버린다면, 6시에 누가 나를 보러 올까? 『팔뤼드』가 끝난 뒤 내가 할 수 있는 일이란 무엇일까, 신은 아시겠지. 시도 극도 아닐 것이다…… 그것들을 제대로 성공시키지 못했으니까…… 게다가 내가 고수하는 미학적 원칙은 소설의 구상과도 대립한다. 매립지라는, 예전에 떠올렸던 주제를 생각했다. 아마 그 얘기는 『팔뤼드』를 이어 갈 좋은 작품이 될 것이고, 이제껏 내가 해 왔던 것과도 어긋나지 않을 터다…….

3시에 위베르의 편지가 속달로 도착했다. 편지에는 이렇게 쓰여 있었다. '가련한 다섯 가족에게 네 마음을 전했어. 너에게 서류 한 장이 갈 텐데, 거기 그들의 이름과 충분한 정보가 적혀 있어. 그 밖의 다른 일들은 리샤르와 그의 처형에게 부탁했어. 너는 그런 일들에 대해 전혀 모를 테니까. 안녕. 여행 가서 편지 쓸게.'

수첩을 다시 펼치고 월요일 면에 적었다. "6시에 일어나 볼 것."

……3시 반에 앙젤을 데리러 갔다. 우리는 함께 작은 예배당에 미사를 드리러 갔다.

5시에 내가 담당하는 가난한 사람들을 보러 갔다. 그러고 나자 날씨가 선선해졌고, 집으로 돌아왔다. 창문을 닫고 글을 쓰기 시작했다…….

6시에 절친한 친구 가스파르가 들어왔다.

그는 펜싱장에서 오는 길이었다.

"뭐야! 작업하는 거야?"

"『매립지』를 쓰고 있어……."

……………

헌시

오! 고통으로 차 있던 그날
아침 햇살이 벌판을 씻는다.

우리는 당신에게 플루트를 연주해 주었지
당신은 우리 연주를 듣지 않았지!

우리는 노래를 불렀지
당신은 춤을 추지 않았지!

그리고 우리가 정말 춤을 추고 싶었을 때
그 누구도 플루트를 연주하지 않았지.

우리가 불행해진 이후로
나는 아름다운 달이 더 좋아.

달은 개들을 비탄에 빠뜨리고
두꺼비 악사들을 노래하게 하네.

평온한 못의 깊숙한 곳에서

달은 말없이 퍼지니

그 포근함과 무미건조함이
끝없이 피를 흘리네.

지팡이도 없이 우리는
작은 집으로 양 떼를 데려갔지.

하지만 양 떼는 축제로 이끌기를 원했으니
우리는 쓸모없는 예언자이리라.

물통으로 데려갈 때처럼 우리는
하얀 양 떼를 도살장으로 몰고 가네.

우리는 모래 위에 지었네
사라져 버릴 성당을.

대안

그렇지 않으면, 오! 알 수 없는 것들로 가득한 숲속에 한 번 더 가 볼까. 내가 알고 있던 그곳, 몇 년에 걸쳐 떨어진 잎사귀들이, 근사한 봄날의 잎사귀들마저 갈색 고인 물에 잠긴 채 아직도 부드러움을 간직하고 있는 곳.

내 쓸모없는 결심들이 가장 편히 쉴 수 있는 곳, 내 생각이 마침내는 거의 사라져 버리는 곳.

『팔뤼드』에서 가장 멋진 문장들의 목록

15쪽: "뭐야! 작업하는 거야?"

112쪽: 우리가 떠올린 생각들을 모두 끝까지 이고 다녀야
만 해요.

○○페이지[21]: ……

---

21 〔원주〕 각 개인의 개별성을 존중하여, 독자에게 이 페이지 번호를 채워 주길 요
    청한다.

끝나지 않는 끝

그 시절 『팔뤼드』보다 내게 더 교훈적인 중요성을 갖는 다른 책을 떠올려 볼 수도 있다. 하지만 『팔뤼드』에는, 이례적인 그 작품의 모든 문학적 특징 — 한 세기도 훨씬 전인 1895년에 쓰인 그 이야기 형식에 나타난 비범한 현대성, 서사적으로 빼어난 웅장함, 자유분방한 상상력, 문장을 나누는 방식의 엄격한 간결함과 풍부한 어휘 등 — 에는 독특한 요소가 하나 더 있다. 바로 이 작품이 프랑스어 말고 다른 어떤 언어로 쓰이는 것은 상상조차 할 수 없다는 점이다.[22]

앙드레 지드의 『팔뤼드』를 알게 된 것은 호르헤 셈프룬이라는 스페인 출신 프랑스어 작가의 『잘 가거라, 찬란한 빛이여……』를 번역하면서였다. 2차 세계 대전 당시 부헨발트 강제 수용소의 생존자인 그는 처음으로 자기 삶에 수용소의 그

---

22 호르헤 셈프룬, 윤석헌 옮김, 『잘 가거라, 찬란한 빛이여…』(문학동네, 2017), 171~172쪽.

늘이 없던 시절을 회상하며 글을 써 내려간다. 셈프룬은 스페인 유력 정치인 집안에서 태어나 부유한 환경에서 문화적으로 풍족한 교육을 받으며 성장했지만, 스페인 내전으로 열세살 나이에 프랑스로 망명할 수밖에 없었다. 앙리 4세 고등학교에 진학하며 프랑스어를 발견하고 자신의 언어로 만들어가는 과정 속에서 만난, 앙드레 지드의 『팔뤼드』에 대한 작가의 찬사, 그리고 무엇보다 이 작품이 스페인 출신 작가가 모국어를 버리고 프랑스어로 글을 쓰게 한 계기가 되었다는 말에서 강렬한 호기심이 일었다. 워낙 짧은 분량이기에 쉽게 생각하고 무작정 번역을 시작했다. 더군다나 프랑스어로만 쓰일 수 있는 책이라는 셈프룬의 단정적인 표현이 번역을 막 시작한 내게 도전해 보고 싶은 의욕을 불러일으켰다. 번역을 마치고 '옮긴이의 말'을 쓰고 있는 지금, 셈프룬이 『팔뤼드』에서 매료되었던 지점들이 번역의 어려움과 대체로 일치하고 있음을 인정할 수밖에 없다.

셈프룬이 『팔뤼드』의 핵심이 언어에 있다고 강조했다면, 출간 후 반세기 정도의 시간이 흘러 이 작품에 적극적인 지지를 보였던 누보로망 작가들과 롤랑 바르트[23] 같은 비평가는 이 작품의 어떤 면에 집중했을까? 그것은 아마도 출간된 지 100년이 지난 오늘날에도 낯설게만 여겨지는 글쓰기 형식이 아니었을까?

---

23 "나는 지드에 대해 항상 호의적인 감정을 가져 왔습니다. 그는 적어도 한 권의 명작, 위대한 현대적 책인 『팔뤼드』를 남겼으며, 그 책은 현대성에 입각해 명백히 재평가되어야 합니다."(롤랑 바르트, 김희영 옮김, 『텍스트의 즐거움』, 동문선, 1999, 220쪽)

무엇보다 롤랑 바르트의 텍스트론은 적극적인 독자의 참여가 핵심이라 할 수 있는데, 지드는 이미 이 책에서 그러한 독자의 역할을 강조하고 있다. 낯선 제목과 헌사, 그리고 제사(題詞)를 지나면, 아무런 표식도 없이 독자는 이러한 문장을 만나게 된다.

다른 이들에게 내 책을 설명하기에 앞서, 그들이 내 책에 관해 이야기해 주기를 기다린다. 먼저 설명하려는 욕구는 그 즉시 책의 의미를 제한한다. 우리가 하고 싶었던 말이 무엇인지 안다고 해도, 오로지 그것만을 말했는지는 알 수 없기 때문이다. 늘 그것 이상을 말한다. 그래서 내 책에서 무엇보다 관심 있는 것은 바로 나도 알지 못한 채 집어넣은 무언가이다. 무의식의 몫, 나는 이를 신의 몫이라 부르고 싶다. 한 권의 책은 언제나 공동 작업이다. 쓰는 이의 몫이 더 작아지고, 신이 받아들일 몫이 더 커질수록, 책의 가치도 커진다. 여기저기서 드러나는 새로운 것들을 기다려 보자. 대중이 밝혀내는 우리 작업의 새로움을.(9쪽)

"먼저 설명하려는 욕구는 그 즉시 책의 의미를 제한한다."라는 작가의 말은 지금 이 순간 이 작품에 대해 무엇인가를 설명하려 애쓰는 옮긴이를 맥 빠지게 한다. 솔직히 말하자면, 바르트의 책을 읽으며 문학을 공부했던 터라, 작품 뒤에 수록되는 해설이 다양한 독자의 반응을 이끌어 내는 데 방해가 될지 모른다는 의구심을 늘 품어 왔다. 이런 이유로『팔뤼드』라는 '위대한 현대적인 책'에 대한 해설을 쓰는 것이 몹시 망설여진다. 아니, 조금 더 솔직해지자면, 언어의 층위를 따라 프랑스어를 한국어로 옮기는 일에 급급했기에, 지드가 곳곳에

숨겨 두었을지 모를 의미, 그리고 '신의 몫'이라고 명명한 그 영역을 온전히 다 이해하지 못했다는 자책 역시 해설 쓰기를 주저하게 한다. 하지만 과연 그 어떤 독자가 애매성으로 둘러싸인 이 책을 온전히 이해할 수 있겠는가, 라고 자문하며 조심스럽게 용기를 내 본다. 그래서 이 글에서는 미흡하나마 『팔뤼드』의 글쓰기 형식에 드러난 특이점을 중심으로 이야기해 볼까 한다.

프랑스의 비평가 제라르 주네트는 텍스트를 둘러싸고 책을 이루는 모든 요소를 '파라텍스트(paratexte)'라고 정의했다. 『팔뤼드』를 처음 펼친 독자들은 곧바로 다른 작품에서 쉽게 볼 수 없는 다양한 형태의 파라텍스트에 놀라게 된다. 이야기가 시작되기도 전에 제목, 헌사, 제사, 경고문(작가는 아무런 명칭을 붙이지 않았지만 편의상 경고문이라고 하자.)이 있고, 책의 마지막에는 '헌시', '대안', '『팔뤼드』에서 가장 멋진 문장들의 목록' 등 짧은 소설에 비해 그 분량도 상당하다. 일반적으로 파라텍스트는 작가와 출판사, 장르에 대한 분명한 정보를 제공해 주며, 작가의 의도에 따라 독자들을 이끈다. 하지만 『팔뤼드』의 경우에는 독자의 자율성을 보장함과 동시에 독자에게 새로운 협정을 제시한다. 말하자면, 파라텍스트를 통해 작품의 의미를 공고히 하기보다, 지드는 전통적으로 작가에게 부여된 역할을 독자에게 위임한다.

우선 '팔뤼드'라는 제목부터 살펴보자. 'palude'를 프랑스어 사전에서 찾아보면, 라틴어 palus에서 파생된 '늪(marais)'이라는 의미만 있다. 그런데 프랑스인들에게 이 단어는 '늪'이라는 의미보다, 이 단어에서 파생된 의학 용어 '말라리아' 혹은 '말라리아에 걸린'이라는 의미의 paludisme, paludéen 단어를 연상시키기에, palude를 '말라리아'와 관련된 단어로 이해할 수도 있다. 그 의미가 어찌 되었든 '팔뤼드'라는 제목은 독자에게 명료한 정보를 제공하지 않는다. 그렇다면 지드는 왜 이렇게 모호한 단어를 사용해서 제목을 만들었을까? 『팔뤼드』에서 화자는 빈번하게 사용되지 않는 단어들을 가지고 문장을 만드는 연습을 해야 한다고 몇 차례 언급하는데, 이는 19세기 말 상징주의 시인들이 의도적으로 잘 쓰이지 않는 시어를 사용한 것에 대한 비꼬기라고 볼 수 있다. '팔뤼드'라는 제목도 그런 의미에서 이해가 가능하다. 일상적으로 거의 사용되지 않는 고풍적인 단어, 그것도 명백한 의미 전달이 불가능한 제목의 선택은 당시 문단에 대한 풍자, 그리고 '팔뤼드'라는 단어를 통해 독자가 다양한 의미를 만들어낼 수 있길 바라는 의도의 표명이라 할 수 있다. 『팔뤼드』에서 화자의 지인들이 귀찮을 정도로 "『팔뤼드』가 무엇이냐?"라고 묻는 것처럼, 그리고 그들 나름의 의미를 제시하는 것처럼 말이다. 다만 화자의 지인들은 그 의미를 지나치게 단순화하고 폄하하려 한다는 점, 반면에 화자는 허세라고 여겨질 정도로 지나치게 의미를 부여하려 한다는 점은 적잖이 재미있다. 『팔뤼드』를 끝낸 화자가 앞으로 쓰게 될 작품 제목이 『매립지』라는 사실에 비추어 보면, 『팔뤼드』는 구체적인 의미를 가진다기보다는 상징적인 제목으로 이해할 필요가 있다.

한국어 번역으로 표현되지 않았지만, 원제는 복수형 'Paludes'라는 점도 상당히 중요하다. 단어의 의미가 두 개인 것처럼, 『팔뤼드』에는 두 개의 '팔뤼드'가 있다. 우선 화자가 쓰고 있는 책인 '티튀루스의 일기 혹은 『팔뤼드』'가 있고, 화자의 일상과, 그 글을 쓰는 계획 그리고 주변 지인들에게 글을 이해시키는 고달픔과 글쓰기의 어려움을 기술하는, 첫 번째 『팔뤼드』를 둘러싼 또 다른 『팔뤼드』가 있다. 풀어서 이야기하자면, 『팔뤼드』는 화자가 집필 중인 『팔뤼드』의 내용을 비롯해서, 그 작품을 쓰는 과정까지 수록된 작품이다. 이야기 속 이야기, 그림 속 그림 혹은 거울, 어쩌면 거울 같은 것이다.

비평 용어로 이러한 글쓰기 방식을 '미장아빔(mise en abyme)'이라고 하는데, 이러한 기법을 처음으로 이론화한 사람이 바로 앙드레 지드다. 일반적으로 지드의 『위폐범들』(1925)이 이러한 기법의 첫 번째 시도라고 알려져 있지만, 이 기법에 대한 관심은 『팔뤼드』를 쓰기 이 년 전인, 1893년 작가의 일기에 처음 등장한다. 아빔(abyme)은 문장(紋章)이나 가문(家門)을 연구하는 영역에서 사용하는 용어로 귀족이나 왕실 가문을 상징하는 방패꼴의 중앙부를 지칭하고, 미장(mise en)은 '~에 넣기'라는 의미를 갖고 있으니, 방패 모양 문장의 중심에 삽입해 넣는 방식을 명명한다. 그렇다면 그 안에 무엇을 넣을 것인가? 그것이 바로 이 기법의 핵심이라 할 수 있다. '미장아빔' 기법을 통해 예술가가 기대하는 것은 바로 거울 효과다. 둘러싸고 있는 글과 그 안에 있는 글은 거울처럼 서로에게 영향을 미칠 수밖에 없으니, 둘 사이의 관계를 살펴보는 일은 흥미로운 작업이 된다.

다시 『팔뤼드』로 돌아와서, 두 개의 『팔뤼드』에 대해 이야기해 보자. '팔뤼드'의 의미를 명확하게 특정 지을 수 없지만 '늪'이라는 의미가 있고, 실제로 작품 속에서 직접적으로든 상징적으로든 늪이 그려진다. '팔뤼드'가 두 종류의 이질적인 텍스트를 지칭하듯, 두 텍스트에 드러난 '늪'은 서로 다른 상 반된 양상을 띤다. 티튀루스의 늪은 행복한 공간이자, 세계에 서 벗어난 곳이며, 이를테면 최초의 정원처럼 느껴진다. 반면 에 화자의 늪은 일상에서 필연적으로 해야만 하는 자잘한 일 들과, 무엇보다 당시 사교계의 허망함을 드러내며 현실 삶에 대한 침체를 암시한다. ('늪'을 의미하는 프랑스어 단어는 marais이 고, 이 단어는 『팔뤼드』의 주제 중 하나라고 할 수 있는 '침체'를 의미하 는 marasme과 연결된다.) 화자의 늪은 실제로 억압과 절망으로 부각된다. 이런 의미에서 티튀루스의 늪과 화자가 찾아가는 초라한 식물원은 대비를 이룬다.

끝으로 제목에 대해 한 가지 더 언급하자면, 'paludes'에 서 lude는 '유희적인'이라는 의미의 'ludique'라는 단어를 떠 올리게 한다. 이야기의 유희적 측면을 예고한다고 생각할 수 있지만 제목을 프랑스어 발음 그대로 표기하면 [pa-lud]가 되 면서, 부정의 의미를 갖는 부사 pas가 앞에 붙는 꼴이 되니 '재 미없는'이라는 의미로도 해석할 수 있다. 가령 이야기의 마지 막 부분에 그려지는, 화자가 앙젤에게 자신이 얼마나 진지한 농담을 잘하는지 보여 주려는 계획의 결말을 예측할 수 있다. 아마도 또 하나의 '예기치 못한 부정적인 일'이 되지 않을까?

이제 제목 이후에 이어지는 다른 유형의 '파라텍스트'를 검토해 보자. 지드는 『팔뤼드』를 자신의 오랜 친구인 외젠 루 아르에게 헌사했다. 책의 헌사는 개인적인 이야기이기도 하 지만, 독자에게 보내는 메시지를 품고 있기도 하다.

친구 외젠 루아르를 위해

이 풍자문을 썼다, 무엇에 대해.

풍자문이라며 글의 성격을 밝히고 있지만, 그 대상은 모호하다. 풍자를 하려면 대상을 명시해 주는 것이 당연하지 않은가? 그 대상을 찾는 것은 또다시 독자의 몫이 된다. 오늘날 한국의 독자가 『팔뤼드』에서 풍자의 대상을 찾는다면, 지드의 헌사는 여전히 유효한 셈이다. 예컨대 화자의 모습에서 글좀 쓴다고 어깨에 잔뜩 힘을 준, 특히 여성 앞에서 허세를 부리는 작가의 모습을 발견한다면 말이다.

헌사를 지나면, 우리는 세 단어로 이루어진 라틴어 제사(題詞)를 만나게 되는데, 이 또한 수수께끼 같아서 의미가 불분명하다. 일반적인 제사의 기능은 텍스트의 의미를 간접적으로 구체화하거나 강조해서 간략한 서문이나 암시적인 해설의 역할을 하는 동시에, 익히 잘 알려진 텍스트를 인용함으로써 그 권위에 의지한다. 그러나 지드가 『팔뤼드』에서 사용한 제사는 그 의미가 모호할 뿐 아니라, 기존 라틴어 문학에서 인용한 것이 아니라는 사실에 주목할 필요가 있다. 'Dic cur hic'의 의미는 역주로 설명을 하기도 했지만, 세 가지 해석이 가능하다. 왜 이곳인지 말하라, 왜 그 사람인지 말하라, 왜 여기 있는 사람인지 말하라. 여기서 '이곳'은 아마도 늪을 지칭할 테고, 그 사람과 여기 있는 사람은 티튀루스 혹은 화자, 그리고 원한다면 화자가 그토록 강조하는 자유로운 사람일 수도 있겠다.

그렇다면 이 헌사의 출처로 사용한 '다른 학파'는 또 어떤 무리일까? 당시 문단의 흐름에서 '다른 학파'를 찾아내는 데에는 아무 의미가 없을 것이다. 그러나 우리는 『팔뤼드』를 이해하지 못하고 이야기하는 사람들 앞에서 고립된 화자를 상징한다고 생각해 볼 수 있다. 문학을 하는 사람들의 모임에서도, 철학자들 사이에서도 이해받지 못하는, 그들과 다른 학파에 속하는 화자. 그리고 어쩌면 독자. 더불어 우리는 이 제사가 명령형이라는 사실에 주목해야 한다. 왜냐하면 이 제사는 바로 독자에게 전하는 메시지이며, 바로 뒤에 독자의 역할에 대해 쓴 '경고문'이 이어지기 때문이다.

가까스로 우리는 다소 모호한 '파라텍스트'를 지나서 제목 없이 쓰인 짧은 텍스트를 읽으며 비로소 납득하게 된다. 지금껏 늘어놓은 모호함이 독자에게 설명을 요구하기 위함이었음을 말이다. 작가는 스스로 작품을 쓴 의도를 독자에게 설명하지 않고, 오히려 일반적인 독서 행위와 반대로 독자에게 그 의도를 찾아 달라고 호소하며 소설을 시작한다.

드디어 이야기가 시작된다. 화요일 위베르의 방문을 시작으로 일요일까지, 『팔뤼드』를 써 나가는 화자의 이야기는 일요일에 끝을 맺는다. 『팔뤼드』를 쓰는 이야기로 시작했던 것이 『매립지』를 쓰는 일로 바뀔 뿐, 화자가 끔찍이 싫어한다고 말하지만, 실제로는 아무렇지도 않게 반복되는 일상을 살아간다. 끝나지 않는 끝.

화자의 이야기는 끝이 났지만, 우리는 또 낯선 세 개의 '파라텍스트'를 만나게 된다. 그 첫 번째는 '헌시(envoi)'인데, envoi라는 단어는 시에서 마지막 절을 의미한다. 일반적으로 누군가에게 헌사하는 내용을 담지만, 실상 『팔뤼드』에서는 그 정확한 의미를 따져 보는 것이 무의미하다. 『팔뤼드』의 화자는 몇 차례 시에 대한 반감(당연히 당대 유행했던 상징주의 시)을 드러낸다. 지드는 '헌시'라는 형식만 빌려 와서 이야기의 끝에 배치한다. 그런데 그 내용을 잠시 살펴보면, 화자가 다른 사람들과 소통하는 데에 실패하는 모습을, 더 나아가 자신의 글쓰기가 헛된 시도였음을 보여 준다.

『팔뤼드』의 '파라텍스트'들은 하나같이 일반적인 틀에서 벗어나 낯선 형태를 띠고 있다. "그렇지 않으면"이라는 단어로 시작하는 '대안(alternative)'은 그야말로 가장 큰 놀라움을 전한다. 지금까지 화자가 쓴 내용에 대한 자기 부정, 자신의 의도가 헛되었음을 인정하고 다른 대안을 제시하는 느낌을 준다. '쓸데없이 관조할 때 드는 감정'이 '팔뤼드'를 쓰게 했는데, 이마저 실패했다면 "쓸모없는 결심들이 가장 편히 쉴 수 있는 곳, 내 생각이 마침내는 거의 사라져 버리는 곳"으로 가 보자고 제안한다.

이제 우리는 '『팔뤼드』에서 가장 멋진 문장들의 목록'을 채워야 한다. 이 대목이야말로 이 작품이 독자에 따라 다른 의미를 지니게 된다고, 가장 적극적으로 독자의 역할을 강조하는 부분이다. 작가 자신이 두 가지 문장을 선정하고, 독자로 하여금 나머지 목록을 채워 주기를 요청한다. (어떤 문장들이 채워질지 사뭇 궁금하다.) 그런데 첫 번째 인용문과 두 번째 인용문은 이 책의 시작을 열고 끝을 맺는 문장이다. 화자의 친구가 찾아와서 화자더러 안 하던 일을 한다는 듯이 놀라움을 드러내며 "뭐야! 작업하는 거야?"라고 묻는 문장과, 그다음은 "우리가 떠올린 생각들을 모두 끝까지 이고 다녀야만 해요."라는 라로슈푸코의 금언. 화자가 이 문장을 언급했을 때, 눈치 빠르게 앙젤은 "왜 당신은 『팔뤼드』를 시작했나요?"라고 묻는다. 아마 이 두 문장은 화자가 『팔뤼드』를 쓰는 이유의 단서를 제공해 줄지도 모른다. 우연히 쓰기 시작했지만 끝까지 써 나가야만 한다는, 그러니까 우연성은 필연성으로 연결될 수밖에 없다는 그런 의미를 갖고 있지 않을까?

『팔뤼드』의 '파라텍스트'에 대해 끝으로 한 가지만 더 언급하자면, 1895년 초판본에서는 책의 제목이 나오기 전 페이지라 불리는 faux-titre에 '우연성의 소고'라는 부제가 명시되어 있었다. 이 부제는 작가가 의도적으로 뺐는지, 편집자의 우연한 실수인지는 알 수 없지만 『팔뤼드』를 읽는 하나의 핵심이 될 수 있다.

작가는 1894년 9월 말, 자신의 일기에서 『팔뤼드』를 "환자가 쓴 작품"이라고 규정했다. 1894년 봄, 아프리카 여행에서 돌아온 뒤 다시 태어난 느낌을 받지만, 한편 파리의 주변 사람들에게서 '소원함'(estrangement, 작가는 원문에서 이 단어를 영어로 표기하며 강조하고 있다.)을 느끼게 되고, 급기야 그에게 자살 충동을 안겼다고 한다. 바로 그때의 감정을 되레 땔감으로 삼아 『팔뤼드』를 써 나감으로써 지드는 곤경으로부터 벗어난다.

『한 알의 밀알이 죽지 않으면』에서 아주 분명하게 표현한 '비꼬아서'라는 부사는 『팔뤼드』를 지드의 이전 작품들과 구분해 주며, 여기에 또한 미학적인 힘을 배가해 준다. 지드가 말한 비꼬기는 글의 내용을 뒤집어서 표현하는 반어법, 즉 수사학적 표현 방식을 지칭한다기보다, 세상과 자신 그리고 타인에 대한 관점, 동시에 문학적 형식, 작품의 상상력과 도덕에 영향을 미친다. 1890년대, 당시 문단에 들끓던 관념들을 비꼬아서 암시한 『팔뤼드』는 단절과 해방을 향해 나아가는 작품이다. 무엇보다 도전적이며, 실험 정신이 가득한 작품인 것이다.(『팔뤼드』가 1895년에 주로 젊은 작가들의 작품을 소개하던 '독립 예술 서적(Librairie de l'Art indépendant)'에서 초판 400부로 출간되었다는 사실을 상기해 보자.) 상징주의 작가로 규정되게끔 하던 이전 작품들에 종지부를 찍음과 동시에, 지드는 『팔뤼드』를 통해 정확하고 독창적인 언어의 길을 열었다. 그뿐 아니라 『팔뤼드』는 글쓰기의 형식과 작품에 담긴 상상력만으로도 충족되는 자율적 작품을 완벽히 구현한다. 이러한 점에서 『팔뤼드』는 지드가 스물여섯 나이에 쓴 여섯 번째 작품이자, 문학 여정의 실질적 출발점이라 할 수 있다.

　1895년 출간 이래 무려 120여 년의 시간이 흘렀고, 이제야 처음으로 『팔뤼드』가 우리말로 번역되었다. 노벨 문학상 수상자로 이미 국내에 다양한 작품들이 소개된 데다, 앞서 언급했듯이 프랑스 문학사에서 이 작품이 차지하는 위상을 고려해 보면, 많이 늦은 감이 없지 않다. 그 이유야 어찌 되었든, 시간과 공간의 거리를 초월하여 한국의 독자들이 『팔뤼드』 속에서 앞서 지드가 언급한 '신의 몫' 그리고 이 책 속의 '새로운 것들'을 발견하길 기대해 본다. 그것이 바로 『팔뤼드』가 우리말로 출간된 진정한 의의가 아닐까?

옮긴이
윤석헌

한국외국어대학교 불어과를 졸업하고 같은 대학원에서 불문학 석사 학위를 받았으며, 파리 8대학교에서 조르주 페렉 연구로 박사 과정을 수료했다. 프랑스 소설을 전문으로 소개하는 레모 출판사를 운영하며 다양한 프랑스 문학을 번역, 소개하고 있다.
옮긴 책으로는 아니 에르노의 『사건』, 『젊은 남자』, 호르헤 셈프룬의 『잘 가거라, 찬란한 빛이여…』, 크리스텔 다보스의 『거울로 드나드는 여자』, 델핀 드 비강의 『충실한 마음』, 『고마운 마음』, 조르주 페렉의 『나는 태어났다』, 앙드레 지드의 『팔뤼드』 등이 있다.

팔뤼드

1판 1쇄 찍음 2023년 10월 27일
1판 1쇄 펴냄 2023년 11월 3일

지은이 앙드레 지드
옮긴이 윤석헌
발행인 박근섭, 박상준
펴낸곳 (주)민음사

출판등록 1966. 5. 19. 제16-490호
서울시 강남구 도산대로 1길 62(신사동)
강남출판문화센터 5층 06027
대표전화 02-515-2000 팩시밀리 02-515-2007
www.minumsa.com

ISBN 978 89 374 2992 7 04800
ISBN 978 89 374 2900 2 (세트)

'쓴살'은 1966년 창립된 출판사 민음사의 로고
'활 쏘는 사람'의 정신을 계승한 작은 출판사입니다.
가벼운 문파에는, 이에 아울러는 인생의 경우,
때로는 제법 묵직한 사상과 감정을 담았습니다.
우리의 활쏘기를 때난 화살들이 아름다운 궁글로
독자의 가슴에 가닿기를 희망합니다.

표지 사진 Hubert Crabères, 「untitled, Prayssas」(2017)
디자인 정재완

"우리는 아직 앙드레 지드를 얻지 못했다. 어쩌면 앙드레 지드를 결코 이해할 수 없으리라. 오늘날 이 작품은 마땅히 재평가받아야 한다."

롤랑 바르트

"팔뤼드는 진실로 '새로운 소설'이다. 지적이고 기성관념에 얽매이지 않으며 생생한 감수성으로 가득 차 있다. 나의 빈곤한 언어로는 이 작품을 제대로 평가하기가 어려울 정도다." 나탈리 사로트

"팔뤼드는 독특한 본질을 지니고 있다. 앙드레 지드는 이제껏 본 적 없고, 앞으로 되풀이하기도 어려운 형식을 찾아냈다." 스테팡 말라르메

"앙드레 지드가 1895년에 발표한 『팔뤼드』는 상호 텍스트성, 책 속의 책, 현실과 가상의 뒤얽힘, 소설과 자서전과 에세이를 넘나드는 장르의 모호성 등 20세기의 문학을 선구적으로 예고한 작품이다." 에드먼드 화이트

"팔뤼드는 한 글자 한 글자 내 손으로 직접 옮겨 쓰고 싶은 작품이다." 두브랍카 우그레시치

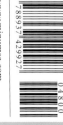

www.minumsa.com
ISBN 978 89 374 2990 2 세트
ISBN 978 89 374 2992 7
값 11,800원

9 788937 429927

04800